Fritz-Stefan Valtner

# Das Leben des Peter  Bork

BoD

Fritz-Stefan Valtner


Das Leben des Peter Bork


BoD

Bibliografische Information der Deutschen Nationalbibliothek
Die Deutsche Nationalbibliothek verzeichnet diese Publikation in der Deutschen Nationalbibliothek; detaillierte bibliografische Daten sind im Internet über http://dnb.dnb.de abrufbar.

Copyright:            Fritz-Stefan Valtner 2017
Copyright
Illustrationen:      Manuela Valtner
                     Fritz-Stefan Valtner
Autorenfoto:         Manuela Valtner
Umschlagsgrafik:  Fritz-Stefan Valtner

Herstellung und Verlag
BoD-Books an Demand, Norderstedt

ISBN: 9783 744 829366

Printed in Germany

Alle Ähnlichkeiten mit lebenden Personen sind rein zufällig.

Das Leben des Peter Bork

Inhaltsverzeichnis

Vorwort

Die Krise

Der Abstieg

Das Alleinsein

Die Idee

Die Vorbereitung

Der Bruch

Die Flucht

Die Jagd nach der Beute

Schlusswort

Vorwort

Als ich, Frederick, damals die Bekanntschaft des Peter Bork machte, konnte ich noch nicht ahnen, was aus dieser Begegnung einmal werden sollte.

Ich traf Peter Bork zu einer Zeit, wo er einige kleine Probleme hatte und wir über eine kleine Begegnung am Gardasee ins Gespräch kamen.

Peter war in meinem Alter, wir hatten die fünfundfünfzig gerade überschritten und standen, was wir dann aus unseren Gesprächen erfuhren, beide an einer Schwelle des Lebens, wo wir das Gefühl hatten, alles wofür man gelebt und gekämpft hatte, auf einen Schlag zu verlieren.

Interessant an unseren Gesprächen war, dass wir fast die gleichen Erlebnisse im gleichen Zeitraum hatten, als wenn sich hier zwei Welten trafen, um festzustellen, dass das Schicksal sich glich.

Es war schon erstaunlich, wie zwei Männer mit einem ähnlichen Schicksal unterschiedliche Antworten fanden, um ihm Paroli zu bieten.

Peter war ein sehr liebevoller Mensch, der fleißig und ehrgeizig und der trotz aller Erfolge bescheiden blieb. ein Mensch geblieben ist, trotz aller Erfolge. Er sorgte sich um seine Familie, war aktiv in verschiedenen Ehrenämtern tätig und  hilfreich allen Bedürftigen gegenüber. Ein Mensch mit vielen guten Eigenschaften, jemanden, den man so nicht oft im Leben treffen wird.
Und trotzdem musste er so viel erdulden, soviel auf sich aufnehmen und .......

Aber lesen sie selber, die Geschichte des Peter Bork, die mir Frederick, einmal bei einer Tasse Ostfriesentee oder besser gesagt, bei vielen Tassen erzählte.

Ihr Autor

Die Krise

Peter kam aus kleinen, bescheidenen Verhältnissen. Seine Eltern hatten sich nach dem Kriege langsam aber sicher, in die Mittelschicht mit viel Einsatz hochgearbeitet. Viel Zeit für Peter hatten sie nicht, da hier die Arbeit immer im Vordergrund stand. So wurde auch Peter von seinen Eltern immer angehalten, seine Leistungen in der Schule zu verbessern, denn sie wollten, dass es ihm einmal besser gehen sollte als ihnen selbst.

Schon in jungen Jahren begriff Peter schnell, dass sich Leistung auszahlt und danach strebte er sein ganzes Leben.

Nach der Schulzeit, die mit einem sehr guten Abitur endete, ging Peter direkt in den Beruf. Zuerst fing er eine Ausbildung als Bürokaufmann an, die er zwar zu Ende führte, aber schon schnell merkte, dass er hier nicht weiter kam.

Nach der Ausbildung ging er in den Vertrieb, und hier konnte er zeigen und sehen, dass sich ein entsprechender Einsatz lohnen kann. Innerhalb von zwei Jahren hatte er das Verkaufsgebiet, dass er übernommen hatte, wieder auf Vordermann gebracht und er konnte sich über steigende Verkaufszahlen freuen. In der firmeninternen Rangliste stieg er beharrlich und stetig nach oben.

Jetzt konnte er auch daran denken, eine Familie zu gründen, was immer sein großer Wunsch war. Aber es war nicht einfach eine Frau zu finden, die sich hinter seinen beruflichen Ambitionen stand. Nach zwei vergeblichen Versuchen fand er auf einer Bildungsreise dann doch seine Traumfrau. Bärbel hieß sie und war ein nettes Wesen. Mit ihr ging er den Bund der Ehe ein. Etwa zu gleichen Zeit hatte auch ich meine Traumfrau geheiratet und begonnen, eine Familie zu gründen.

Beide schafften viel und so konnten sie sich schon nach relativ kurzer Zeit ein kleines Häuschen kaufen und dort in aller Ruhe leben.

In den nächsten Jahren kamen zwei Kinder auf die Welt, die behütet aufwuchsen.
Peter stieg langsam im Beruf auf und wurde Verkaufsleiter.
Seine Frau zog die Kinder groß.
Seine Eltern hatten sich so sehr auf die Enkel gefreut, konnten aber dieses Glück jedoch nur noch kurz genießen.
Innerhalb von zwei Jahren starben seine sie. Für Peter war dies nicht sehr einfach, über den Verlust hinweg zu kommen, da er sie sehr liebte.

Aber das Leben forderte ihn weiter. Als Verkaufsleiter musste er schauen, dass die Umsatzzahlen weiter in die Höhe stiegen und sein Einsatz zwangsläufig größer wurde. Gut, sein Gehalt stieg dadurch mit, aber zu welch einem Preis?

So geriet Peter immer mehr in eine Spirale der Erwartungen - immer höher, immer mehr!

In den jungen Jahren war man mit viel Elan dabei, und so gingen die Jahre ins Land. Man wuchs mit dem Betrieb in ungeahnte Höhen. Aber konnte dies auf Dauer gut gehen? Peter konnte nicht mehr aussteigen, er wurde befördert, bekam noch mehr Gehalt und musste noch mehr leisten. Die Erwartungen an ihm stiegen und weckten Begehrlichkeiten in oberen Manageretagen.

Manchmal arbeitete er über 100 Stunden in der Woche, um allen Anforderungen gerecht zu werden.
Als wir damals daüber sprachen, sah ich zahlreiche gleiche Auswirkungen auch bei mir.
Aber ich habe dann irgendwann einmal gesagt: "Jetzt ist Schluss!" Dann habe mir eine neue Aufgabe gesucht. Aber wenn ich ehrlich bin - es war immer wieder das gleiche Spiel. Bist du gut, dann wird immer mehr von dir verlangt.

So war dies auch bei Peter und auch
bei mir...

Er wurde vom Erfolg getragen. Sein
Haus wurde größer und größer, sein
Erfolg wurde auch nach außen
sichtbar. Neue Freunde scharten sich
um ihn. Peter und seine Familie
machten weite Reisen in aller Welt.
Heute in Australien, morgen in Nepal
und so weiter. Nichts wurde
ausgelassen.

Aber der Erfolg hinterließ irgendwann seine Spuren.

Peter wurde zum ersten Mal mit Mitte Vierzig ernsthaft krank. Über fünf Wochen lag er im Krankenhaus, anschließend ging es in eine REHA - Maßnahme.

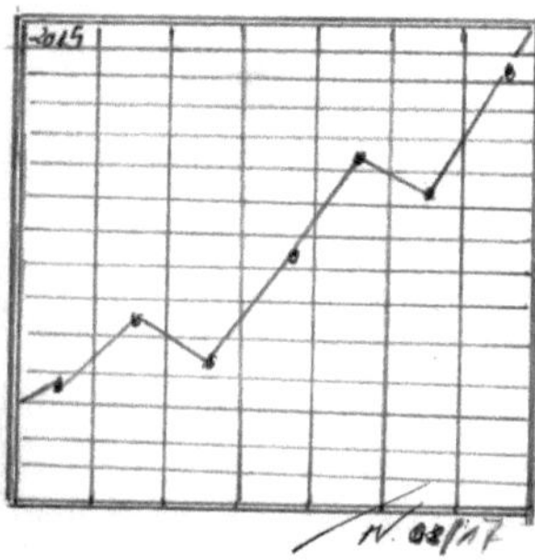

Schon da begannen einige aus der Firmenleitung sich die Frage zu stellen, ob Peter den Aufgaben noch gewachsen sei, als er zurück kam und mit gleichem Elan wieder an seine Arbeit ging, wurde er dennoch kritisch beäugt.

Schafft er die Vorlagen, die ihm man stellte  oder scheitert er daran? Noch schaffte Peter alle Vorgaben, sogar meist mehr als verlangt wurde. Trotzdem begann man schon einen Nachfolger aufzubauen - für den Fall aller Fälle.

Da Peter wieder mittendrin in der Tretmühle  war, bemerkte er nicht, dass die Kinder groß wurden, sich schon auf ihre eigenen Beine stellten und seine Frau dann plötzlich eine große Leere bei sich entdeckte und nach außen strebte.

Zuerst war sie oft mit ihren Freundinnen weg, die sich auch zu Hause langweilten. Dann lernte sie einen jungen Mann kennen, der ihr zeigte, dass es auch noch andere Dinge im Leben gab, als nach Erfolg, Geld und Ruhm zu streben.

Von all dem bemerkte Peter nichts, was sich so hinter seinem Rücken abspielte.

Seine Frau spielte ihm die heile Welt vor und er rackerte sich weiter ab.

Dann wurde er fünfzig und stand auf dem Höhepunkt seines Lebens. Er hatte Erfolg in seiner Firma, verdiente toll, hatte ein super schönes Haus mit allen Schikanen. Seine Familie war stolz auf ihn, seine Freunde klopften ihm auf die Schultern.

Die Geburtstagsfeier wurde ein riesiges Fest. Über hundert Gäste waren eingeladen und alle hatten einen großen Spaß, mit Peter seinen Lebenserfolg zu feiern.

Aber dann geschah etwas, was sein Leben so nachhaltig verändern sollte.

Zur gleichen Zeit hatte auch bei mir das Schicksal schon zugeschlagen. Trotz großer, lukrativer Aufträge, die ich herein brachte, musste meine Firma Personal abbauen, Leistungen in der Fertigung konnten so nicht mehr erbracht werden, was wiederum die Folge hatte, dass man Kunden verlor, die man gerade mühsam gewonnen hatte.

Dann stand man plötzlich ebenfalls zur Diskussion. Was sollte ich machen?
Warten auf das was vielleicht im Raume stand? Nein, so lange wollte ich nicht warten und suchte mir eine neue Aufgabe, die ich auch sehr schnell wieder fand. Da sie auch eine Verbesserung meiner Bezüge brachte, fiel mir der Wechsel leicht.
Also da stand ich mal wieder vor einer neuen Aufgabe. Mit Elan machte ich mich an die Arbeit. Zum Glück stand meine Frau immer hinter mir und hielt mir den Rücken frei.

Dann feierten wir im September 2004 still und leise unsere Silberhochzeit.

Ich erinnere mich gern daran zurück, an die zwei wunderschönen Tage, die wir an der Mosel verbringen konnten, an die lange Radtour bei einen herrlichen Sonnenschein an dem Fluss  entlang, an das Weinfest und die Gemeinsamkeit, die wir dort noch einmal erleben konnten.

Denn an das, was sich zwei Monate später abspielte, daran hätte ich in diesem Moment nie gedacht.

Die Wirtschaft fing an zu schwächeln, Aufträge wurden zurückgestellt oder ganz storniert. So blieb mancher Auftrag auf der Strecke.

Ähnlich erging es auch Peter. Die Auftragszahlen sackten in den Keller, trotz aller Bemühungen und kleinerer Erfolge, konnte er den Abwärtstrend nicht stoppen. Sosehr er sich einsetzte, es gelang nicht, diesen Trend umzukehren.

Die Geschäftsleitung wurde schon ungeduldig. Lange geplante Maßnahmen wurden eher zögerlich umgesetzt. Dabei wären die gerade jetzt von Nöten gewesen. Aber so blockierte die Unsicherheit der Geschäftsleitung alle Anstrengungen von Peter.
Ein Jahr versuchte er verzweifelt wieder an die Erfolge aus der Vergangenheit anzuknüpfen, aber außer ein paar Tropfen auf den heißen Stein kam nicht viel zusammen.

Mit jedem Tag wackelte der Posten mehr. Er merkte auch, dass ihm nicht mehr viele zutrauten, den Karren wieder flott zu bekommen. So wurden unsichtbare Sperren aufgebaut, die Peter später zum Verhängnis wurden.

Seine Frau hatte kein Verständnis für Peter, dass er alles tat, um wieder Erfolg zu haben.

Für sie war es mittlerweile nur noch wichtig, dass sie ihren Lebensstandard halten konnte, um mit ihren Freundinnen mithalten zu können. Alles andere interessierte sie nicht im geringsten. Sie lebte ihr eigenes Ding und Peter versuchte verzweifelt, ihr wie bisher, dieses Leben zu erhalten. Aber wie lange konnte dies noch gut gehen?

Dann kam der schwarze Tag im November 2004. Fast zur gleichen Zeit traf es uns beiden.
Für mich war der 9. November, der Tag der mein Leben so nachhaltig verändern sollte. Bei Peter war es der 13. November.

An jenem 9. November bekam ich
morgens kurz nach acht Uhr Besuch
von der Polizei, die mir in kurzen
Worten beibrachten, dass meine Frau
schwer verunglückt sei und im
Krankenhaus auf der Intensiv-Station
liegen würde.
Sie wurde von einer Autofahrerin beim
Linksabbiegen übersehen und mit
voller Wucht auf die Motorhaube und
dann in die Windschutzscheibe
geschleudert worden. Dabei erlitt sie
schwerste Kopfverletzungen.

Geschockt sagte ich alle Termine an
diesem Tag ab und fuhr ins
Krankenhaus.
Über zweieinhalb Jahre lebte ich in
einem Tal der Tränen, der Angst, der
Hoffnung und der Zuversicht. Aber
alles Hoffen, Bangen, Flehen war
vergeblich. Uns blieben nur noch
diese zweieinhalb Jahre. Jahre, die
gezeichnet waren von Auf`s und Ab`s,
von Freude und Trauer.

Zweieinhalb Jahre, die ein langer
Abschied waren, ein Abschied auf
Raten, ein Abschied für immer.

Bei Peter war es der 13. November, der sein Leben verändern sollte.

Anstrengendene Wochen der Arbeit, die Jagd nach Aufträgen, die Suche nach neuen Geschäftsideen, die vielen Reisen in die Verkaufsgebiete, das unstete Leben, das er führen musste, verlangten plötzlich ihren Tribut.

Peter brach zu Hause mit einem Herzinfarkt zusammen. Von der Familie war keiner da, als es passierte. Zum Glück war der Gärtner vor Ort und der wusste, was man in diesem Moment tun musste.

Dank der schnellen Hilfe durch ihn, dass rasche Eintreffen der Rettungskräfte konnte man Peter retten. So kam er auf die Intensivstation des Krankenhauses und war froh, dass er dem Tod noch einmal von der Schüppe springen konnte. Nach und nach trudelte seine Familien ein, um nach dem Rechten zu sehen. Die ersten Tage im Krankenhaus waren noch geprägt von der Ungewissheit, ob Peter den Herzinfarkt überstehen würde.

Mit der Zeit stieg aber seine Zuversicht, dass er es noch einmal schaffe und wieder in die Berufswelt zurückkehren konnte.

Peter kam in dieser Zeit zum Nachdenken.

So lief sein bisheriges Leben wie ein Film noch einmal vor seinem geistigen Auge ab. Seine Erfolge im Beruf, seine Familie, seine Reisen und vieles mehr.

Je mehr Peter darüber nachdachte, umso unsicherer wurde er, ob er alles falsch gemacht  oder er in seinem Leben etwas versäumt hatte.
Aber so recht kam er nicht weiter, zumal ihn eine starke Unsicherheit befiel, was denn werden würde, wenn er wieder zurück in die Firma kommen würde.

Würde er den Anforderungen gewachsen sein? Würde er erneut zusammenbrechen? Dann vielleicht endgültig? Oder kann er den Karren noch einmal aus dem Dreck ziehen, wie er das schon mehrfach geschafft hatte? Fragen über Fragen zogen immer wieder über ihn herein und er wurde mit der Zeit immer ruhiger und stiller. Seine Sorgen und Ängste wuchsen, je länger der Aufenthalt im Krankenhaus andauerte.

Nach zwei Wochen war Peter wieder
soweit hergestellt, dass man sich über
eine REHA - Maßnahme Gedanken
machen konnte.

So kam Peter in eine sechswöchige
Kur an den Gardasee.

Die Stille und die Ruhe halfen ihm,
wieder auf die Beine zu kommen.
Seine Spaziergänge wurden länger
und länger. Seine Kraft kam langsam
zurück.
Aber irgendetwas im Inneren sagte
ihm, dass er an einem Scheitelpunkt
in seinem Leben stehen würde. Nur
wusste er noch nicht, wie es
weitergehen sollte.

Aber er sollte sehr bald darauf eine
Antwort erhalten.

Der Abstieg

Peter nutzte die Tage in der Klinik, um wieder fit zu werden, für die Zeit des Neustarts.
Er lebte auf und begann auch schon wieder Pläne zu machen.

Bei meinem Besuch in der dritten Woche seines Aufenthaltes in der Klinik konnte ich feststellen, dass es ihm doch wieder recht gut ging und wir unternahmen eine lange Wanderung. Dabei erzählte mir Peter von seinen Plänen, wie er an neue Aufträge herankommen könnte, wie er der Krise in seinem Betrieb, in seiner Branche ein Schnippchen schlagen könnte.
"Peter," sagte ich, "denke aber bitte daran, dass du gerade noch einmal davon gekommen bist. Also erhole dich und sei bitte vorsichtig." "Ja, ja", gab Peter zurück, "ich werde schon auf mich aufpassen und es etwas ruhiger angehen lassen." "Hoffentlich", gab ich etwas leise zurück.
So gingen wir den Weg um den See herum.

Dabei erzählte mir Peter von seinen Reisen, die Problme mit seiner Frau, den beruflichen Erfolge und vieles mehr.

Es hörte sich fast wie eine Lebensbeichte an. Aber nicht von einem, der mit seinem Leben abschließen wollte, sondern von jemandem, der noch einmal neu durchstarten möchte.

Dann sprachen wir auch von mir, meinen Zielen, meinen Wünschen. Aber ich konnte dazu kaum etwas sagen, da ich ja selber noch nicht einmal wusste, wo mein Weg mich hin führen würde. So stellten wir manche Hypothese auf, die wir in oder jenem Fall anwenden wollten.
So ging ein schöner Tag für uns beide zu Ende. Wir legten fest, dass wir uns in einem Jahr hier wieder treffen wollten, um zu sehen, wie es uns in der Zwischenzeit ergangen ist. Ein Abendessen mit einem Fünf-Gänge-Menü schloss diesen ereignisreichen Tag ab.

Wir machten uns gegenseitig Mut und stimmten uns positiv auf die neuen Aufgaben ein, die auf uns warteten.

Peter wartete in dieser Zeit vergeblich auf seine Frau und seine Kinder. Hatten diese keine Zeit mehr, ihn in der REHA - Maßnahme zu besuchen?

Gut, es war etwas weit weg.

Aber mit den heutigen Verkehrsmitteln sollte dies doch kein Hindernis sein. So wartete Peter vergeblich auf den Besuch seiner Lieben.
Ungeduldig rief er zu Hause an. Keiner meldete sich. Nicht einmal den Gärtner oder die Putzfrau konnte er erreichen. Selbst auf den Mobilrufnummern klappte es nicht.. Er machte sich so seine Gedanken.

Die wurden durch einen Besuch seines Chefs aber erst einmal etwas in den Hintergrund geschoben.

Sein Chef freute sich, dass es ihm wieder besser ging und sagte ihm so ganz beiläufig, dass er sich ruhig Zeit lassen sollte, um wieder vollständig gesund zu werden, da sein Vertreter seine Sache bisher ganz gut mache und neue Verkaufserfolge erzielt wurden.
Dieser Gedanke machte Peter unruhig. Was braute sich da über seinem Kopf zusammen? Was ist, wenn er wieder zurück kommt? Wird sein jetziger Vertreter wieder zurück ins zweite Glied gehen?

Dies konnte er nicht so recht glauben.

Seine Chef zerstreute aber seine Zweifel und sagte ihm: "Er solle sich nur Zeit nehmen, um wieder vollständig zu genesen, damit er wieder mit voller Kraft durchstarten könne, um den Betrieb wieder auf eine Erfolgsspur zu bringen. Er würde auf ihn bauen!

Damit hatte Peter nicht gerechnet und war erleichtert, dass sein Arbeitsplatz für ihn weiterhin bestand.

Kaum hatte er dies verkraftet, da kam
eine ungewöhnliche Nachricht von
einem Rechtsanwalt. Mit zittrigen
Händen öffnete Peter diesen Brief.
Nach einer kurzen Zeit lies er den
Brief aus seinen Händen fallen, stand
auf und ging ans Fenster und schaute
ohne einen Glanz in seinen Augen
hinaus.
Leichte Tränen traten in seine Augen
und suchten sich den Weg über seine
Wangen.

Was war passiert?

Nach einer Weile, Peter wusste nicht, wie lange er dort am Fenster gestanden hatte, ging er noch einmal zu dem Tisch hin, hob den Brief auf, setzte sich in den Sessel hinein und las diesen Brief noch einmal. Ganz langsam und jedes Wort, ja jeden Buchstaben, als wolle er genau begreifen, was in diesem Brief nun wirklich stand.
Er hatte dies doch schon beim ersten Mal richtig verstanden, was dort stand. Doch begreifen konnte er es nicht. Auch als er den Brief ein zweites Mal und auch noch ein drittes Mal gelesen hatte.

In diesem Brief stand:

Seine Frau reicht die Scheidung ein, da sie an ihre Zukunft denken müsste und er aufgrund seiner Erkrankung wahrscheinlich nicht mehr zu seiner alten Leistungsfähigkeit zurückfinden würde, so das sie einen sozialen Abstieg befürchten musste.
Alles weitere würde ihr Anwalt mit ihm regeln.

Deshalb konnte er sie nicht erreichen.
Und seine Kinder?

Die waren auch nicht erreichbar.
Selbst nicht einmal mobil.
Bei einem kleinen Spaziergang vor
dem Essen im hauseigenen Park
dachte Peter über diese, neue
Situation nach.

Die Emotionen kochten langsam
hoch.

Sein Atem wurde schwer. Er rang
nach Luft. Dann brach er zusammen.
Dank der schnellen Hilfe, die hier vor
Ort da war, konnte man einen zweiten
Infarkt so gerade noch vermeiden.
Nun war er wieder an sein Bett
gebunden und wurde ruhiggestellt.
Die Ärzte versuchten die Ursache
herauszufinden, warum dieser
Patient, der auf dem Weg der
Besserung war, plötzlich wieder
zusammen brach. Peter gab den
Ärzten das Schreiben des Anwaltes
und sagte: "Ich glaube, dass dies der
Auslöser war für meinen erneuten
Anfall."

Also wurde der Aufenthalt in der Klinik verlängert, Peter schaltete ebenfalls einen Anwalt ein, der für ihn seine Rechte wahrnehmen sollte und  folgte dem Rat seiner Ärzte, die ihm Ruhe und nochmals Ruhe verordneten.

So kam Peter zum Angeln.

Nur langsam konnte er abschalten, immer wieder tauchten Fragen auf, die er sich stellte, nach dem Wie und dem Warum.

Nach Wochen in der Klinik war Peter soweit hergestellt, dass es Zeit wurde, ihn wieder in die heimische Umgebung zu entlassen.
Als Peter sich auf den Heimweg machte, beschlich ihn ein mulmiges Gefühl. Wer ist jetzt zu Hause? Werden die Kinder und seine Frau da sein? Was hat sich in der Zwischenzeit alles verändert?
Je näher Peter dem Zuhause kam, desto unruhiger wurde er.

Dann war er da!

Still war es. Als er die Garage öffnete, war diese leer. Das Auto seiner Frau stand nicht drin - auch die seiner Kinder nicht. Unruhig stellte er sein Auto in der leeren Garage ab.
Mit einem bangen Gefühl ging er zum Eingang, schloss die Haustüre auf. Ein zaghaftes "Hallo" blieb ohne Resonanz.

Vorsichtig ging er in den Flur hinein und schaute sich um. Oh Screck, wo waren die Bilder? Wo waren die Flurmöbel?
Sein Weg führte ihn weiter ins Wohnzimmer. Auch hier herrschte eine gähnende Leere. Keine Bilder mehr an den Wänden, auch die Möbel waren nicht mehr da.
Danach eilte er weiter in die Küche. Hier stand noch alles. Nun ja, es war ja auch eine Einbauküche und seine Frau hatte es  nicht so sehr mit dem Kochen. Dann ging Peter weiter nach oben. Die Kinderzimmer waren ebenfalls total leer.
Im Schlafzimmer stand nur noch ein Bett aus dem Kinderzimmer.

Für ihn?

Den Einbauschrank hatte man ihm noch gelassen. Zum Glück waren seine Sachen noch drin. Aber sonst war alles weg. Die vielen Bücher, die Bilder an den Wänden, die Skulpturen waren ebenso verschwunden, wie alle anderen Wertgegenstände.

Nur seine ganz persönlichen Sachen waren noch vorhanden.

Peter setzte sich auf`s Bett und dachte nach. Warum nur in aller Welt war seine Frau nicht hier? Warum waren seine Kinder nicht mehr hier? Weshalb wollte sich seine Frau von ihm trennen? Hatte er nicht alles getan, um sie glücklich zu machen? Hatte sie nicht alles, was sie sich wünschte? Und die Kinder? Die doch auch? Hatte er nicht ihretwegen so geschuftet und eine Stufe nach der anderen auf der Erfolgsleiter erklommen? Konnte er ihnen nicht eine glänzende Zukunft bieten? Hatte er nicht alles versucht, ihre Wünsche zu erfüllen?

Den hohen Lebensstandard, die vielen tollen Reisen, das große Haus mit seinem schönen Garten und Pool. Jeder hatte sein eigenes Auto.

Sollte dies alles für die Katz gewesen sein?

Peter konnte es nicht glauben.

Jetzt saß er allein in diesem großen Haus, das er für seine Familie gebaut hatte und nun? Jetzt war keiner mehr da. Hing dies mit seinem Infarkt zusammen? Hatte man Angst, dass er nicht mehr ein volles Mitglied der Gesellschaft war? Fürchtete man, dass er einem Abstieg entgegen ging und wäre es nicht besser, sich von einem Versager zu trennen?

War er überhaupt ein Versager?

Die Gedanken fuhren regelrecht Achterbahn mit ihm. Immer wieder kamen neue Fragen, die sich ihm aufdrängten.

Da saß er nun, allein und verlassen. Wie sollte er damit umgehen? Was sollte er machen? Wie sollte es weitergehen?

Konnte er seine Frau noch einmal zurück gewinnen?
Was werden die Kinder machen? Wie wird es weiter gehen?

Was wird in seinem Beruf noch auf ihn zukommen?

So jagte eine Frage die andere und Peter saß noch eine lange Zeit auf dem Bett und versuchte einen klaren Gedanken zu fassen.
Es fiel ihm schwer. Nur mit Mühe konnte er sich aufraffen und in die Küche gehen. Hier wollte er mal sehen, was ihm seine Lieben noch dagelassen hatten. Sie hatten ihm zum Glück noch ein paar Konserven zurückgelassen.
Wie nett, dachte Peter und öffnete eine dieser Dosen und machte sich etwas zu essen.

Dann ging er hinaus auf die Terrasse. Was musste er zu seinem Erstaunen sehen? Wie sah sein geliebter Garten denn aus? Der Rasen? Der Pool? Die Bäume? Die Sträucher? Mein Gott, schlug Peter die Hände über den Kopf zusammen. Hier hat aber schon lange keiner mehr einen Handschlag daran getan.

Peter aß seine karge Mahlzeit und machte sich Gedanken um seinen geliebten Garten. Da musste er Morgen unbedingt ran. So konnte er ihn nicht lassen.

Am anderen Morgen sah man Peter schon sehr früh im Garten werkeln.

Zwar musste er immer wieder kleine Pausen einlegen, aber er war glücklich, dass er wieder Kraft hatte und sah, wie nach und nach sein Garten wieder einigermaßen Gestalt annahm.

Am Abend konnte er wieder mit einem gewissen Stolz auf  seine geleistete Arbeit  zurückblicken und feststellen, dass er wieder so richtig arbeiten konnte. Nun ja, ein paar Pausen musste er doch einlegen - aber diese ließen seine Leistung nicht groß schmälern.

So vergingen die zwei Wochen, die Peter noch zur Erholung hatte, bevor er wieder in den "Moloch der Arbeit" einsteigen konnte.

Zuvor musste er aber erst einmal mit seinem Anwalt über die Scheidung sprechen, vor allem aber über die Leerräumung des Hauses.
Es waren ja seine Sachen, die dort verschwunden sind.
Die wollte er zurück haben. So gingen in den nächsten Tagen Schreiben um Schreiben zwischen den Anwälten hin und her, die versuchten eine einvernehmliche Lösung zu finden. Aber so wie das aussah, bahnte sich hier vermutlich eine längere Auseinandersetzung an.
Peter hatte sich mittlerweile damit abgefunden, dass keiner von der Familie sich mehr bei ihm meldete. Er hatte sich damit abgefunden, alleine zu sein.

Er stand jetzt allein auf weiter Flur und musste sich behaupten, alleine kämpfen und versuchen zu siegen.

Gegen das Alleinsein konnte er etwas machen. Aber zu diesem Zeitpunkt wollte er von einem weiblichen Wesen einfach nichts wissen.

Zu groß war die Enttäuschung die er hinnehmen musste.

Einen Menschen so zu verraten und zu verlassen, nur weil er vermutlich nicht mehr den Anforderungen genügt?

Konnte man nicht die Entwicklung abwarten, ihm beistehen, ihm Mut machen,  helfen wieder der Alte zu werden? Oder hatte man ihn schon abgeschrieben? Traute man ihm nicht mehr zu, seine Leistung zu bringen? Welches Vertrauen hatte man noch in ihn?
Was war bloß los mit seinen Leuten, die ihn noch vor kurzem auf die Schulter klopften, ihn ehrten, ihn hochleben ließen.
Die sich die Backen voll stopften, als gebe es bald nichts mehr zu essen.

Nein - von diesen Leuten war keiner mehr da! Aber was hatte seine Frau ihnen erzählt?

Dann ging er eines Morgens in die Stadt und besuchte das Tierheim. Langsam schlenderte er durch den Bereich, wo die Hundezwinger waren. Er schaute sich jeden Hund genau an. Plötzlich blieb er an einem Zwinger stehen. Da stand ein kleiner Hund, etwas zerzaust, aber mit einem sehr liebevollen Blick. Man könnte sagen, es war Liebe auf den ersten Blick. Peter bat die Leitung um eine Leine, damit er einen kleinen Spaziergang mit dem Hund machen konnte.
Beide freuten sich auf diesen Gang. Nach einer halben Stunde kam sie zurück und für Peter stand fest: Diesen Hund wollte er haben. Nachdem die Formalitäten erledigt waren, hatte Peter noch ein paar Kleinigkeiten aus dem angrenzenden Shop für den Hund besorgt. Jetzt machten sich die beiden auf den Weg nach Hause. Sie waren schon ein ungewöhnliches Paar, aber man merkte auch gleich, hier begann eine große Liebe.

Dies war auch gut so, denn der kleine Hund, den Peter auf den Namen Goliath getauft hatte, munterte ihn in den dunklen Stunden seines Alleinsein immer wieder auf, er zog ihn wieder hoch und machte ihm Mut. So konnte Peter seinen Kampf in der Scheidungssache führen, ohne den Kopf zu verlieren.

Aber er brauchte bald noch mehr Zuspruch, denn jetzt ging es wieder zu seiner Firma und dort musste er alle Register ziehen, um zu zeigen, dass er wieder der Alte war.

Er und Goliath, den er zur Arbeit mitnahm, damit er nicht den ganzen Tag allein zu Hause bleiben musste, versuchten wieder Anschluss zu bekommen.

Peter arbeitete wieder wie ein Verrückter, um den Sturz der Verkaufszahlen aufzufangen. Zwar stellten sich schnell viele kleine Erfolge ein, aber es blieb alles doch sehr mühsam. Er hatte ein paar neue Ideen ausprobiert, aber die brauchten noch etwas Zeit, um erfolgreich zu werden.

Doch die Geschäftsleitung drängte auf schnelle Erfolge.

Sie selbst standen unter einem sehr starken Druck, da ihr die Aktionäre Dampf unter dem Hintern machten, die um ihre Renditen fürchteten und den Druck gaben sie nun weiter, ohne sich selbst Gedanken um Lösungen zu machen.

So wurde eine Spirale nach unten fortgesetzt. Eine Spirale mit weit reichenden Folgen.

Zuerst reichte man den Druck weiter, runter zu den Außendienstmitarbeiter, die jetzt noch stärker den Belastungen ausgesetzt waren, als den sie schon hatten. Die Preise gerieten immer stärker unter dem Diktat des Marktes. Sie zerfielen regelrecht. Der Kostendruck wurde stärker.

Man trennte sich von den ersten Mitarbeitern, um Kosten zu sparen. Dann folgte der zweite Schub. Die Verbliebenen mussten diese Arbeiten mitmachen.

Was war das Ende vom Lied?

Man ertrank in administrativen Arbeiten, anstatt mit aller Kraft jeden Winkel des Marktes zu beackern. Die unweigerliche Folge - die Umsätze fielen!

Dann stellte man die Leistung der Verkaufsleiter in Frage. Nachdem man auch diese Ebene fast aufgelöst hatte, ging man an die Vertriebsmanager heran. Es war nur eine Frage der Zeit, dass auch Peter immer mehr in die Schusslinie der Geschäftsleitung geriet.

Dann kam der Tag, wo eine Entscheidung fiel.

Peter war wie immer in seinem Element und versuchte alle Register zu ziehen, um Aufträge von seinen Kunden zu erhalten.

Als er gerade in einer Verhandlung mit einem seiner Kunden war, es ging um einen größeren Auftrag, rief ihn der Chef persönlich an und bestellte ihn in sein Büro.
Peter wickelte erst einmal das Gespräch mit seinen Kunden ab und hatte in dieser Stunde das Glück des Tüchtigen, dass der Kunde ihm den Auftrag gab - über eine Million.
Damit hatte Peter eine Schlacht gewonnen.

Mit einem gewissen Stolz ging er nun in das Büro seines Chefs. Dort saßen vier weitere Herren aus dem Aufsichtsrat mit an dem Tisch.

Zuerst ließ man Peter ausführlich die Lage erklären, warum und weshalb es nicht laufen würde. Nun, Peter erklärte den Herren, dass nicht alle Kraft in den Vertrieb gelegt würde, um an der Verkaufsfront nach Aufträgen zu jagen. Man würde eher hergehen, ganze Kolonnen von Mitarbeitern in diesem Bereich zu entlassen, um hier in fataler Weise Kosten einzusparen.

Aber die Devise müsste eigentlich heißen:

"Alles was laufen kann, muss an die (Verkaufs) Front!"

So müssten die Verbliebenen, anstatt nach Aufträgen zu jagen, sich mit anderweitigen Aufgaben beschäftigen, die viel Zeit und Aufwand kosten.
Peter erklärte und erläuterte, aber er fand keinen, der ihm eigentlich zuhören wollte. Sie waren Laien auf dem Gebiet, mussten aber weitreichende Entscheidungen treffen. Peter verzweifelte manchmal und wusste kaum mehr, wie er den Herren, die einfachsten kaufmännischen Aufgaben erklären sollte. Er hatte das Gefühl, dass er gegen eine Wand sprach.
Als er, eher beiläufig, erklärte, dass er gerade, nach langen zähem Ringen, einen Auftrag über eine Million erhalten hatte, konnten die Herren mit dem Wert dieses Auftrages für das Unternehmen, nicht sehr viel anfangen.

Was sollte dieser Auftrag für das Werk bringen? "Eine Vollbeschäftigung zumindest für die nächsten 20 Wochen," sagte Peter. Als er in die Augen dieser Herren schaute, musste er sehen, dass sie mit dieser Zahl nicht sehr viel anfangen konnten.

Dann stach ihn der Hafer und er sagte zu den Herren, in einer etwas süffisanten Sprache:

"Meine Herren, dieser Auftrag, den ich heute von meinem Kunden bekommen habe, der durch meinen mühevollen, zähen und nimmermüden Einsatz, zahlreichen Überstunden und meinem Geschick zustande gekommen ist, beschert Ihnen, meine Herren, eine Dividende von fast 3%. Ich glaube, damit können Sie mehr  anfangen."

Die Herren nickten!

Ich glaube, sagte mir Peter einmal, dass die Herren in diesem Moment eher daran gedacht hatten, ob sie sich doch noch das größere Sportboot würden leisten können.

Dann kam der Auftritt seines Chefs.

"Lieber Peter, ich möchte mich ganz herzlich bei dir bedanken, für deine aufopferungsvolle Arbeit, die du hier seit vielen Jahren für unser Unternehmen geleistet hast. Auch dafür, dass du heute mit diesem Auftrag, den Fortbestand unseres Werkes gerettet hast. Es findet meine hohe Anerkennung. Auch dein nimmermüder Einsatz im Vertrieb verdient unsere Würdigung.

Aber auch wir müssen uns den neuen Geflogenheiten des Marktes stellen und wollen dies mit einer neuen, jüngeren, ehrgeizigen Generation bewerkstelligen. Sie steht schon in den Startlöchern bereit und möchte losgelassen werden.

Daher sind wir gezwungen, zahlreiche Bereiche neu zu ordnen, neu aufzustellen und müssen auch, so hart es klingt, uns auch von bewährten Mitarbeitern trennen.
Trotz aller Wertschätzung für Ihre Leistung, für ihren Einsatz und das über viele Jahre, wenn nicht Jahrzehnte, so müssen wir uns heute auch von Ihnen verabschieden.
Wir können uns nur noch einmal bei Ihnen von ganzem Herzen bedanken für ihre tolle Arbeit, die Sie hier für unser Werk geleistet haben.
Wir wünschen Ihnen alles Gute auf ihrem weiteren Lebensweg."

"Alles weitere sagt Ihnen das Personalbüro. Bitte geben Sie auch Ihren Firmenwagen heute noch ab."

"Meine Herren, wir müssen weiter machen."

"Herr Bork, dies war es für heute!"

Peter stand völlig konsterniert da und wusste nicht was mit ihm geschah.

War das jetzt seine Entlassung oder was war das?

Während Peter aus dem Chefzimmer ging wurde er schon von der Sekretärin des Personalchefs erwartet und gebeten ihr in das Personalbüro zu folgen. Hier war schon alles vorbereitet gewesen.

Die Entlassungsurkunde, das Dankschreiben für die tolle geleistete Arbeit, dann das Übergabeprotokoll für die werkseigenen Sachen und mit der Bitte, doch innerhalb der nächsten Stunde seinen Arbeitsplatz zu räumen. Nach dem Mittagessen werden die neuen Mitarbeiter erwartet, die dann sofort die neuen Aufgaben übernehmen werden.

Peter stand dort, als würde er gerade träumen. Oder hatte er gerade einen Alptraum gehabt? Völlig geschockt ging er in sein Büro und setzte sich erst einmal  zehn Minuten auf seinen Bürostuhl still hin.

War er jetzt entlassen?

Wie so viele vor ihm?

Ohne besondere Gründe?

Dabei hatte er doch noch vor eine Stunde einen Millionenauftrag erhalten, der dem Werk das Überleben zumindest noch für die nächsten zwanzig Wochen sicherte. Sollte all sein Einsatz für die Katz gewesen sein? Sein Leben für die Firma, bei der er schon so lange war? Hier hatte er ganz unten angefangen und sich stetig nach oben gearbeitet - bis zum Vertriebschef. Das soll jetzt alles gewesen sein? Peter konnte keinen klaren Gedanken fassen.

Dann klopfte es an seiner Bürotür. Die Sekretärin des Personalchefs ermahnte ihn, sein Büro zu räumen und die Liste mit den Büroartikeln, die zum Betrieb gehören, doch noch im Personalbüro abzugeben. Im Weggehen rief sie ihm noch zu: Er solle auch an den Werkausweis denken - den musste er auch noch abgeben.

Peter holte sich noch einen kleinen Karton aus dem Lager und begann seine Sachen einzupacken, die er noch in seinem Büro hatte.

Die Zeit drängte.

Noch ein letztes Mal ging Peter in das Personalbüro und gab die Liste und den Werkausweis ab.
Dann wurde er gebeten, doch noch einmal seinen Karton zu öffnen, ob er auch keine firmeneigene Sachen aus Versehen, wie man betonte, eingepackt hätte. Dem war so nicht!
Dann gab er die Papiere für seinen Firmenwagen ab, mit dem Hinweis, dass der Wagen draußen auf dem Parkplatz vor dem Haupteingang steht.

So endete das Kapitel von Peter und der Firma, seiner Firma!

Das Alleinsein

Die ersten Tage waren schlimm. Nicht mehr zur Arbeit gehen zu müssen, beziehungsweise zu können. Nicht wissen, was dort im Betrieb abläuft.

Manchmal machte Peter eine kleine Tour mit dem Rad zum Betrieb hin. Schaute sich von draußen jedes kleine Detail an, ob es schon irgendwelche Veränderungen gab. Er konnte in den kommenden Wochen keine Maßnahmen sehen, ob schon etwas verändert wurde.

Kehrten die neuen Besen doch nicht so gut, wie angekündigt? Oder waren das nur Schaumschläger, die zwar das Wissen von der Schule, aber keine dumpfe Ahnung hatten, wie es draußen auf dem Markt aussah.

Manchmal sah er den einen oder anderen Schaumschläger über das Gelände eilen, in ihren Mode-Anzügen. Er bemerkte auch, dass diese Schnösel keinen grüßten, der ihnen begegnete.

Sie trugen ihren Kopf sehr hoch! Aber sie kamen sich vor, als wären sie die Leiter, die Chefs des Werkes! Noch feucht hinter den Ohren, aber schon den großen Zampano spielen.

"Diese Milchreisbubis!"

Und diese bekamen das Vertrauen der Geschäftsleitung?
Was hatte sie veranlasst, bewährte langjährige Kräfte, wie er es war zu entlassen und dafür unerfahrene junge Mitarbeiter einzustellen?

Der Druck der Kosten?

Wie wollte man die Qualität der Produktion sichern, wenn alle erfahrenen Kräfte entlassen werden?
Wer sollte den Betrieb leiten? Einer, der gerade von der Schule gekommen ist? Das kann auf Dauer nicht gutgehen.

Peter suchte nach Antworten.

Eines Morgens, Peter saß gerade bei seinem kargen Frühstück und warf einen Blick in die hiesige Tageszeitung, klingelte das Telefon.

Wer sollte mich um diese Zeit anrufen? Brauchte man ihn doch wieder? Viele Gedanken kreisten in diesem Moment in seinem Kopf umher. Er ging ran. Ein alter Kunde war dran und fragte Peter, was denn in dem Betrieb los sei? Er, der schon seit Urgedenken Kunde bei dem Werk sei, sollte nichts mehr bekommen? Nur weil er nicht über zweihunderttausend Euro Umsatz macht?

Was soll das bedeuten?

Peter erklärte seinem Kunden, dass er nicht mehr für das Werk arbeiten würde, man hätte ihn entlassen! So könnte er nichts dazu sagen. Er bat aber seinen alten Kunden, ihn doch etwas auf dem Laufenden zu halten. Damit er die Entwicklung noch ein wenig verfolgen könne. Nach dem Gespräch machte sich Peter Gedanken, was denn da wohl innerbetrieblich ablaufen würde.

Gut, auch er hatte mal darüber nachgedacht, nachdem er einige Studien gelesen hatte, den Kundenstamm zu reduzieren.

Nun, es gab ja Thesen, die besagten, dass 20% der Kunden zirka 80% des Umsatzes ausmachen würden. Also könnte man, rein rechnerisch, auf 80% der Kunden verzichten, man würde demnach nur 20% des Umsatzes verlieren. Eigentlich eine simple Rechnung. Er hatte sie schon mehrfach mal mit den eigenen Kundendaten durchgespielt.

Er kam auf ganz andere Werte. Aber dann stellte sich die Frage: Welchen Kunden verliert man als erstes? Einen alten, treuen Skontokunden?
Nein, es waren meist die Großkunden, die schon für ein paar Zehntelpunkte den Lieferanten wechselten. Und die besten Zahler waren sie meist auch nicht. Sie schoben ihre Zahlungen heraus und wiesen gerne auf ihre Umsatzdaten hin. So das manch einer darauf Rücksicht nahm und tatenlos zusah, wie dieser Großkunde plötzlich die beiden Finger in die Höhe streckte. Er brachte ja Umsatz!
Und wenn ein Großkunde wegfiel, dann machte sich das sofort in der Umsatzstatistik bemerkbar.
Verschwand mal ein kleiner Betrieb, fiel dies nicht so ins Gewicht.

Also hatte er immer dafür gesorgt, dass es eine gesunde Balance zwischen Groß- und Kleinkunden gab. So konnte man wirtschaftliche Schwankungen besser ausgleichen.

Aber was machten die jungen, wilden Bubis jetzt?

Nur noch die Großkunden halten und alle anderen wieder auf den freien Markt zu geben?

Ein gefährliches Spiel!

Gut, nachdem man ja fast die gesamte Vertriebsmannschaft aufgelöst hatte, ist dieser Schritt zu verstehen.
Ein paar Großkunden konnte man mit ein, zwei Leuten betreuen, aber nicht die zahlreichen Kleinkunden, die zwar Umsätze hatten, aber auch eine gewisse Betreuung verlangten. Dafür waren es aber sehr treue und zufriedene Kunden.
Also waren sie dabei, den mühsam erworbenen Kundenkreis neu zu ordnen.
Aber so sehr er auch darüber nachdachte, er hatte ja nichts mehr zu sagen.

So gingen die Tage dahin.

Peter kämpfte mit der Einsamkeit, mit den Unwegsamkeiten des täglichen Lebens, das hieß. kochen, spülen, waschen, staubsaugen und vieles mehr. Eine Arbeit, die er nicht so sehr mochte. Eher schon das Werkeln im Garten. Das machte ihm sogar viel Spaß.

Aber dann kamen die Abende, die er allein verbrachte. Von seinen Freunden hörte und sah er niemanden mehr. Über andere Kanäle hörte er mal etwas über seine Frau. Sie soll sich jetzt einen Millionär geangelt haben und mit ihm über die Adria schippern.

Die Scheidungsanwälte bekriegten sich bis auf die Haut. Ein Scharmützel nach dem anderen folgte. Aber keine Partei konnte mal einen kleinen Erfolg erzielen. So ging das Vermögen für die Arbeit der Anwälte drauf. Dann kämpfte Peter noch an anderer Front. So wollte er nicht klein beigeben und kämpfte mit seiner Firma um eine Abfindung. Auch dies sah so aus, als würde es ein langer Kampf werden.

Dann stand ein weiterer an. Peter brauchte eine neue Aufgabe.

Er fing an Bewerbungen zu schreiben. Über hundert hatte er schon auf den Weg gebracht. Aber eine Resonanz bleib aus. Nicht einmal zu einem Gespräch wurde er eingeladen. Manche Unterlagen kamen in einem so erbärmlichen Zustand zurück, dass er sie nicht ein zweites Mal verwenden konnte. Man konnte manchmal den Eindruck haben, die Unterlagen mussten für einem Brotteller herhalten. Mal abgesehen von den vielen Kaffee- und Teeflecken darauf.
Über die zahlreichen Eselsohren verlor Peter schon keinen Ton mehr.

Bei einer Bewerbung fand er den durchgeschriebenen Hinweis: "ZU ALT" auf dem Deckblatt.

Was? Er sollte zu alt sein - für einen Job im Vertrieb? Und dies bei seiner Erfahrung?
Was stellte man sich denn eigentlich vor?

Einen Mitarbeiter, der dreißig Jahre alt ist, aber schon 50 Jahre Erfahrung auf dem Buckel haben soll? Aber noch gab Peter nicht auf. Er versuchte es weiterhin. Er änderte immer wieder seine Bewerbungen ab. Mal sehr ausführlich - mal sehr kurz. Mal schickte er zum Trotz eine zurückgekommene Bewerbung wieder zurück, besonders dann, wenn sie mal wieder in einem erbärmlichen Zustand bei ihm ankam.

Einmal erhielt er einen bitterbösen Brief, welche Hochachtung er denn dem ausschreibenden Betrieb entgegenbringen würde, bei einer solchen Bewerbung!

Peter schrieb zurück:

Sehr geehrte Damen und Herren

Leider liegt es nicht an meiner Hochachtung ihrem Betreib gegenüber, sondern an die Hochachtung mir gegenüber. So habe ich meine Bewerbung auf ihre Stellenausschreibung XC 239 wieder zurückbekommen und war ebenso schockiert, dass Sie den Mut hatten, mir meine von Ihnen verunstalteten Bewerbungsunterlagen so wieder zurück zu senden.

Was glauben Sie, welche Meinung ich von Ihrem Betrieb haben muss?

Hochachtungsvoll

Peter Bork


So kämpfte Peter an verschiedenen Fronten, kam aber nirgends so recht weiter. Aber er gab den Mut nicht auf.

Wie versprochen trafen wir uns nach einem Jahr am Gardasee wieder, saßen bei einem guten Essen und Wein zusammen, erzählten von den Erlebnissen in diesem Jahr.

Peter erzählte mir von dem großen Auftrag, den er noch für seine Firma hereinholen konnte, und das er auch im gleichen Atemzug seine Kündigung erhielt - ohne Frist und alles.
Dann, das seine Frau jetzt mit einem Millionär über die Adria schippert und ihn während seines Herzinfarktes mit der Scheidung überraschte. Seine Kinder habe er schon über ein Jahr nicht mehr gesehen. Selbst ein Anruf war unterblieben.
Seine Abende sind trübe, er ist allein und einsam. Irgendwie beklemmend. Dann seine Kämpfe an verschiedenen Fronten. Seine vielen Bewerbungen, die vielen Absagen.

“Hör mal,” sagte er zu mir, “sind wir zu alt, um zu arbeiten?”

“Werden wir nicht mehr gebraucht?”

“Gehören wir zum alten Eisen?”

“Können wir uns abschreiben und schon ins Gras beißen?”

“Manchmal habe er das Gefühl, man wird nur solange gebraucht, wie man eine Leistung erbringen kann und dann…..” Er sprach den Satz nicht zu Ende. Aber ich konnte mir schon denken, was er sagen wollte.

Nach einer Weile, wir saßen still vor uns hin, fragte er mich, was macht denn deine Frau, nach ihrem Unfall.

“Wie geht es ihr?”

In kurzen, knappen Worten erzählte ich ihm, dass meine Frau eigentlich den Unfall ganz gut überstanden und wir schon gehofft hätten, sie könne schon wieder daran denken, bald wieder arbeiten zu gehen.

Aber leider kam dann der nächste Schicksalsschlag, der uns wieder zurück warf.

"Wieso dieses," warf Peter ein?
Nun Peter, das war so:

Anfang April hatte meine Frau
Geburtstag und zu diesem Tag kamen
auch die Arbeitskollegen zu meiner
Frau, um zu gratulieren. Bei Kaffee
und Kuchen wurden Gespräche
geführt.

Bis auf einmal ein Kollege von ihr
mich ansprach und meinte, ob mit
meiner Frau alles in Ordnung sei?
Sie würde kaum auf Fragen eine
Antwort geben und wenn, dann erst
nach einer geraumen Zeit.

Mir war dies auch schon aufgefallen,
gab ich zurück, wir werden in den
nächsten Tagen einen Neurologen
aufsuchen.

Dies haben wir auch gemacht.

Eine kurzzeitige Maßnahme in einer
REHA - Einrichtung brachte nichts,
eher, dass sie noch vergesslicher
wurde. Eigentlich wurde sie in ihren
Bewegungen immer langsamer.

Nach zahleichen weiteren neurologischen Untersuchungen in der Uni Düsseldorf und in Jülich hatte man dann endlich die Ursache entdeckt - einen Gehirntumor der Stufe drei.

Eigentlich schon das Todesurteil für meine Frau! Das musste man erst einmal verkraften. Ich war wie vor den Kopf gestoßen. Jetzt konnte die Parole nur noch lauten: Kämpfen bis zum letzten Atemzug. Die ersten Wochen waren sehr schwer. Auf der einen Seite Optimismus zeigen und auf der anderen zu wissen, dass der nächste Tag das Ende hätte sein können. So bin ich um jeden Tag dankbar, den sie lebt - beziehungsweise erleben darf.

"Ja," sagte Peter dann zu mir. "Es ist nicht einfach mit einer solchen Situation umzugehen. Aber wenn ich jetzt nach Hause komme, dann ist keiner mehr da, nur mein kleiner Hund erwartet mich."

Es ist schon schwer zu wissen, dass man alleine ist. Dass keiner mehr da ist, keiner der einem Trost zuspricht, keiner der einem zuhört.
Da schaust du nur auf kahle Wände, die stumm bleiben. Keine Erinnerung an frühere Zeiten, Zeiten wo ich mal glücklich war.
Still ist es im Haus. Eigentlich fühle ich mich dort nicht mehr wohl.

Aber wo soll ich denn hin?

"Was ist, wenn du dir eine kleine Wohnung nehmen würdest?  Würde ich schon machen, aber leider habe ich auf dem Haus noch eine Menge Schulden drauf und ich weiß nicht, wie ich die jemals abtragen soll. Ein Verkauf ist schon wegen der Scheidung schwierig.
Zur Zeit kann ich mich drehen und wenden wie ich will, ich komme keinen Schritt weiter. Überall bauen sich neue Hürden auf.
Hast du die eine gerade mit viel Mühe und Einsatz hinter dir gelassen, türmt sich schon eine neue auf.

Man hat das Gefühl, dass diese immer höher werden.

Man kann daran regelrecht zerbrechen.

"Wenn ich dir helfen kann", dann sage es mir. Vielleicht kann ich dir einen Ausweg zeigen."

Still tranken wir unsere Gläser aus, zahlten und machten uns auf den Heimweg. Wir versprachen einander uns unter allen Umständen in einem Jahr wieder zu treffen, vielleicht unter neuen, besseren Vorzeichen.

"Adieu Peter," sagte ich noch - "bis in einem Jahr und halt den Kopf hoch!" "Du auch," erwiderte Peter und dann trennten sich unsere Wege."

Was uns aber in den nächsten Wochen erwartete konnten wir zu diesem Zeitpunkt nicht einmal ahnen.

Als sich Peter auf den Heimweg machte, dachte er noch lange über das Gespräch nach und sagte leise zu sich. Wir können eigentlich noch froh sein, dass wir gesund sind und leben dürfen. Wenn man da andere sieht, kann man nur froh sein.

Peter näherte sich nach Stunden seinem Haus in Friesland und wollte durch das elektrische Tor an der Zufahrt fahren, um seinen Wagen in der Garage abstellen zu können. Aber nichts tat sich. Hatte doch  vor drei Tage noch funktioniert - und jetzt?

Komisch?

Peter stellte den Wagen vor dem Tor ab. Jetzt versuchte er es über die Eingangstor, aber auch die ließ sich nicht mehr öffnen.

Was war denn da los?

Peter kletterte über das Tor in den Garten hinein und ging auf die Haustür zu.

Auch hier versuchte er diese zu öffnen? Nichts ging mehr! Der Schlüssel passte nicht mehr! Hatte jemand in der Zwischenzeit etwa die Schließzylinder ausgetauscht?

Was ging hier vor?

Plötzlich hörte Peter ein Sirenengeheul, das immer lauter wurde. Dann sah er einen Streifenwagen, der mit hoher Geschwindigkeit um die Ecke gerast kam und direkt auf das Eingangstor zuraste.

Der Fahrer stieg voll in die Eisen, zwei Kollegen sprangen heraus, die MP im Anschlag und schrien Peter zu: "Hände hoch und stehen bleiben!" Peter blieb erst einmal schockiert stehen. Einer der Beamten schloss das Tor auf und ging auf Peter zu, mit der MP im Anschlag. Auf die Frage, wer er denn sei und was er hier zu suchen hätte, sagte Peter: "Er würde hier wohnen, dies wäre sein Haus."

Jedoch hätte er sich schon gewundert, warum er das Tor auf der Garagenzufahrt, geschweige denn das Eingangstor und last but Not least die Haustüre nicht mehr öffnen kann. Er wäre jetzt zwei Tage vereist gewesen und just zurück gekommen. Der Polizist klärte ihn auf, dass das Haus beschlagnahmt worden ist und er jetzt nicht mehr hinein gehen könnte. Alles weitere müsse er mit seinem Anwalt klären. Sie würden ihn bitten, jetzt das Grundstück zu verlassen. In diesem Moment kam Goliath um die Ecke geflitzt und freute sich Peter wieder zu sehen.

Peter nahm seinen Hund auf seine Arme und beide gingen, sich der Staatsmacht beugend, hoch erhobenen Hauptes durch das Eingangstor. Die Polizei schloss das Tor wieder ab und rauschte von dannen.

Da standen jetzt Peter und sein kleiner Hund Goliath. Beide hatten Hunger.

Peter hatte nur noch ein paar
Euromünzen in seinem Geldbeutel.
Also machte er sich auf zur
Sparkasse, um etwas Geld zu holen.
Kaum hatte er die Karte in den
Automaten gesteckt, verschwand sie
für immer.

Dann kam der Vermerk auf dem
Display des Geldautomaten:

 "Dieses Konto ist gesperrt worden"

Peter schaute dumm aus der
Wäsche. Was war denn da in den
zwei Tagen nur los gewesen, wo er
verreist war? Peter konnte sich keinen
Reim daraus machen.
Also kratzte er seine letzten Gelder
zusammen und er kaufte sich eine
Kleinigkeit zu Essen.
Da saßen sie nun, Peter und Goliath,
in ihrem Auto auf einem Parkplatz und
wussten nicht, was der nächste Tag
ihnen noch alles bringen sollte.
Aber jetzt stand erst einmal der längst
fällige Schlaf im Auto an.

Am anderen Morgen rief Peter erst
einmal seinen Anwalt an, um ihn über
die Vorfälle zu informieren.

Die nächsten Tage schliefen Peter
und sein Hund in seinem Wagen.
Das Schlimme aber war, dass er nicht
an sein Geld kam.
So musste er Kohldampf schieben. In
seiner Not rief mich Peter an und
fragte nach, ob ich ihm mit etwas
Geld aushelfen könnte. "Klar," sagte
ich und machte eine Blitzüberweisung
fertig und ich fragte ihn, was denn
passiert sei? In kurzen Worten
erzählte mir Peter seine Lage und bat
um Verständnis, dass er mit dem
Akku seines Handys behutsam
umgehen müsste, um für seinen
Anwalt erreichbar zu bleiben.

Natürlich machte ich mir Gedanken,
was denn da vorgefallen sein müsste,
in der zweitägigen Abwesenheit von
Peter.

Konnte ich etwas für ihn tun?

In den nächsten Tagen rotierte der Anwalt von Peter und konnte in Erfahrung bringen, dass die Gegenseite die Gelegenheit der Abwesenheit von Peter nutzte, um neue Schlösser einzubauen und die Konten sperren zu lassen. So setzte man erst einmal Tatsachen.

Mit einer einstweiligen Verfügung konnte der Anwalt von Peter zumindest erreichen, dass seine Konten wieder für ihn zugänglich wurden. Allerdings mussten beide dann feststellen, dass man die Konten schon geplündert hatte.

So stand Peter plötzlich vor dem Aus. Selbst die Gelder, die ihm zustanden, wurden vereinnahmt und die Herausgabe wurde von der Gegenseite geschickt verlängert, sodass Peter und Goliath regelrecht von der Hand in den Mund lebten.

Die Bank, bei der Peter schon seit Jahrzehnten ein guter Kunde war, sperrte sich, Peter in dieser Situation einen kleinen Überbrückungskredit zu geben.

Die Unsicherheit, jemals das Geld wieder zurück zu bekommen, schien ihnen zu groß zu sein. Mit hängendem Kopf verließ Peter die Bank. Damals, als er noch Geld hatte und verdiente, da war er gut genug für jeden Kredit.

Was haben sie ihm die Türen eingelaufen, um ihn mit Krediten zu überhäufen. Und jetzt? Jetzt war er nicht einmal würdig für einen Kleinstkredit? Wie weit war er denn schon gefallen? Die Situation von Peter wurde immer dramatischer. Immerhin erreichte sein Anwalt, dass die zu unrecht angeeigneten Gelder wieder zurückgezahlt werden mussten und zwar innerhalb einer Fünf Tagesfrist.

Aber was hatte Peter davon? Er saß in seinem Wagen und harrte der Dinge, die da auf ihn zukamen. Zum Glück war es gerade Sommer und die Nächte, die er in seinem Auto verbrachte, waren noch ganz angenehm.

Eines Abends, Peter und Goliath
kamen von einem langen
Spaziergang zurück, es war noch
herrlich warm draußen, legten sich die
beiden auf eine Decke und schauten
in den sternklaren Abendhimmel.

Da bekam Peter eine Idee. In groben
Gedanken spielte er sie durch.
Peter machte sich Mut. Ich brauche
keinen, keinen mehr auf dieser Welt.
Er werde sich schon zu helfen und zu
wehren wissen.

Ihr werdet dies noch einmal zur Kenntnis nehmen müssen und dann ist der Name Peter Bork in aller Munde.

In dieser Nacht schlief Peter zum ersten Mal sehr ruhig und lange. Nur Goliath wunderte sich darüber. Mal sehen was der morgige Tag bringen wird.

Die Idee

In den nächsten Wochen und
Monaten lebte Peter von den
spärlichen Geldern, die noch flossen.
Aber es wurde immer schwerer für
ihn, über die Runden zu kommen.
Trotz aller Bemühungen kam er nicht
in sein Haus hinein. Mit allen
juristischen Mitteln versuchte die
Gegenseite ihn daran zu hindern. Also
musste Peter notgedrungen auch
weiterhin in seinem Auto übernachten.
Aber so auf der Straße wollte er auch
nicht leben.
Also zog er es vor, auf einem
Campingplatz zu übernächtigen.
Zumindest hatte er dort eine
Waschgelegenheit und eine Toilette.
Für Goliath gab es dort auch eine
entsprechende Verpflegung.

So konnten sich beide einigermaßen
pflegen. Wenn da nicht immer der
Hunger wäre. Denn mit den paar
Münzen, die er für den Tag übrig
hatte, war kein großer Staat zu
machen.

Peter wäre aber nicht Peter, wenn er nicht für ein paar Stunden eine Aufgabe finden würde, die ihm ein paar Pfennige einbrachten. So kamen sie trotz aller Sparzwänge über die Runden.

Aber es war schon eine komische Situation. Da hatte er ein großes Haus und Spargelder auf dem Konto, aber er kam nicht daran. Es war schon zermürbend, zu hoffen, dass der Anwalt eine Lösung finden sollte, damit er wieder über sein Geld verfügen konnte. Aber es wurde ein regelrechtes Scharmützel daraus. Hatte man gerade einen Sieg errungen, wurde er von der Gegenseite wieder zunichte gemacht. So ging es wie auf einer Achterbahn zu, ohne dass man zu einer Lösung, geschweige einer Einigung kam. Oder hatte man es darauf angelegt, den anderen fertig zu machen. Manchmal hatte Peter den Eindruck, dass es der Gegenseite nur darum ging, ihn fertigzumachen und zwar  mit allen Mitteln.

Die Tage  vergingen wie im Fluge und Peter versuchte sich und Goliath mit kleinen Arbeiten über Wasser zu halten. Mal konnte er bei einem Bauunternehmen ein paar Stunden arbeiten, oder er verdingte sich früh morgens auf dem Großmarkt, wo hier und da mal eine helfende Hand gebraucht wurde. Oder wenn er  viel Glück hatte, dann konnte er als Hilfsgärtner arbeiten, was ihm am meisten Spaß machte.

So lebte Peter zwischen der Hoffnung wieder zurückzukehren in sein altes Leben  oder der Bitternis, dass sich alle gegen ihn verschworen hätten. Eine Situation, die ihn doch sehr mitnahm und ihn fast krank werden ließ. Nur war es gut, dass ihn sein kleiner Hund immer wieder daran erinnerte, dass das Leben weiter ging, auch wenn es mal nicht so aussah. So musste Goliath ihn immer wieder aufmuntern und ihn zwingen, mit ihm spazieren zu gehen, etwas anderes zu sehen, neue Ideen aufnehmen und sich zufreuen, dass er noch leben konnte. Und er war nicht allein!

Er hatte doch ihn - Goliath!

So ging der Sommer langsam zu Ende.
Die Tage wurden kühler und im Auto wurde es langsam ungemütlicher. Dann geschah eines Tages etwas, das Peter nicht mehr für möglich gehalten hatte. Sein Anwalt konnte für ihn eine kleine Summe aus seinem Vermögen herauslösen, sodass seine Not für eine längere Zeit etwas gelindert werden würde. Ins Haus konnte er jedoch nicht zurück. Dies wurde noch von der Gegenseite verhindert.

Auf einem Campingplatz in der Nähe
stand ein Wohnwagen zum Verkauf.

Peter verhandelte sehr angestrengt,
und er schaffte es, diesen  für einen
kleinen Preis zu kaufen. So war sein
Überleben und das seines kleinen
Begleiters über den Winter gesichert.
Bei einer ihrer Touren konnten sie sich
noch einige Dämmmaterialien, sowie
zahlreiche Decken besorgen.
Damit konnte man leben.

So ging der Herbst vorüber und dann folgte der Winter, der ein sehr harter wurde. Die Scharmützel zwischen den Anwälten gingen unvermindert mit großer Härte weiter, aber keine Seite kam so richtig voran.

Und Peter? Er musste sehen, wie er durch diesen harten Winter kam. Die Nächte waren schon sehr hart. Der Campingplatz war verweist, sodass Peter dort nun ganz allein lebte, wie ein Einsiedler. Zum Glück konnte er die sanitären Anlagen benutzen. Tagsüber zogen Goliath und er durch die Stadt. Mal durch diese Einkaufspassage, dann durch einen Supermarkt oder durch eine Buchhandlung, nur um sich aufzuwärmen. Ab und zu gönnten sie sich eine warme Mahlzeit und sie gingen auch einmal ins Kino und schauten sich gemeinsam einen lustigen Film an.

An einem Freitag, es war bitterkalt, zogen die beiden wieder durch die Stadt.

Da es noch früh am Nachmittag war, beschlossen beide, um sich etwas aufzuwärmen, mal wieder ins Kino zu gehen.
Eigentlich gab es aber keinen interessanten Film, außer ein paar alte Klamotten. Aber die Kälte war schon hart, da wäre es schon schön gewesen, sich etwas aufzuwärmen, bevor es wieder in den eiskalten Wohnwagen ging. Also schaute sich Peter die alten Filme an und entschied sich für einen Luis de Funes - Film.

Beide gingen hinein und machten es sich bequem.

Dieser Film handelte von einem Jagdausrüster, der von seinem Banker um ein beträchtliches Vermögen gebracht wurde. Um wieder an sein Geld zu kommen, plante er einen Einbruch in die Bank, in der Banker arbeitete. Allerdings ging es hier drunter und drüber, wie es in einer solchen Klamotte üblich ist. Beide konnten viel lachen.

Auf dem Heimweg wurde Peter plötzlich sehr nachdenklich. Goliath bemerkte dies und versuchte sein Herrchen wieder aufzumuntern. Aber irgendwie war Peter noch zu sehr mit dem Film beschäftigt.

Wieder bei seinem Domizil angekommen, es war schon recht spät geworden, machten sich die beiden fertig und legten sich, dick eingemummelt, auf ihre Bettstatt und versuchten der Kälte zu trotzen. Während Goliath schnell einschlief, lag Peter noch lange wach und dachte über den Film nach, den er gesehen hatte. Lag vielleicht hier die Lösung für seine Probleme? So recht wollte er dies nicht glauben.
In dieser Nacht wälzte er sich hin und her. Irgendwie ging dieser Gedanke nicht mehr aus seinem Kopf hinaus.

Am nächsten Morgen, Peter war noch total gerädert, da er in dieser Nacht kein Auge zugemacht hatte, dachte Peter immer noch an diesen Film.

Nach einem kurzen Frühstück machte sich Peter mit Goliath wieder auf in die Stadt. Zuerst ging es durch die Passage zum aufwärmen. Aber die Zeit, die sonst einem weglief, wollte heute irgendwie nicht so recht voran gehen. Peter musste sich  gedulden, da das Kino erst gegen vierzehn Uhr öffnete. Dann war es endlich soweit.

Noch einmal schaute er sich  den Film von gestern an. Aber diesmal unter anderen Aspekten. Jetzt hatte er auch einen großen Zettel und einen Bleistift mitgenommen.

Er machte sich fleißig irgendwelche Notizen. Nur das Licht war manchmal recht schwach, sodass er fast blind schreiben musste. Hoffentlich konnte er dies nachher auch alles lesen? Keine Szene ließ er aus. Diesmal lachte er nicht, sondern war mit einer grotesken Ernsthaftigkeit dabei.
Wer ihn gestern gesehen hatte und heute, der konnte sich nur darüber wundern.

Als der Film zu Ende war, blieb Peter noch eine Weile in sich gekehrt sitzen und dachte nach. Als dann ein Mitarbeiter des Kinos durch die Reihen ging, stand Peter auf, nahm Goliath auf den Arm und ging langsam hinaus in die Kälte, wie ein Cowboy, der einsam eine Mission erfüllen muss.

Goliath wunderte sich schon, warum er eine ganze Zeit getragen wurde, aber er fand den Umstand nicht schlecht, also kuschelte er sich ein und hielt still. Dabei beobachtete er sein Herrchen genau. Worüber machte er sich jetzt Gedanken?
Aber das, was in dem Kopf von Peter jetzt vorging, konnte er nicht ahnen.

So gingen Peter und Goliath langsam und still durch die Kälte in Richtung Campingplatz.

Dort angekommen, machten sie sich fertig für den nächtlichen Schlaf. Während Goliath schnell in den Schlaf kam, dachte Peter noch über seine Idee nach.

Dann wurden ihm auch die Augen schwer und er fiel in einen langen, tiefen Schlaf.

Der nächste Morgen: die Sonne lugte ab und zu hinter den tief hängenden Wolken hervor und erwärmte die kalte Luft leicht.
Mit einem gewissen Schwung machte sich Peter an diesem Morgen an die "Arbeit" und fing an, seiner Idee Gestalt zu geben.

Noch war sie nur abstrakt in seinem Gehirn vorhanden, aber in den nächsten Tagen sollte diese Idee weiter reifen und Peter fing an, über Details nachzudenken zu und begann genaue Pläne zu machen.

Peter begann seinen Anwalt zu bedrängen, ihm doch etwas mehr Geld zu besorgen, damit er mit den Vorbereitungen anfangen konnte.
So spionierte er das Ziel seiner Begierde aus. Was er jetzt brauchte, war eine Wohnung in unmittelbarer Nähe dieses Objektes.

Die Vorbereitung

In den nächsten Tagen setzte Peter alle Hebel der Welt in Bewegung, um an Geld zu kommen. So wurde sein Anwalt unter Druck gesetzt, eine bestimmte Summe aus seinem Vermögen, was ja die Gegenseite unberechtigter Weise beschlagnahmt hatte, zu erhalten.

Dann versuchte er bei der Bank einen kleinen Kredit zu bekommen. Dies stieß auf taube Ohren. Dabei sagte Peter: "Ich bräuchte diesen Kredit nur für eine ganz kurze Zeit und die Rückzahlung würde noch innerhalb der nächsten drei Monaten geschehen."

Aber auch dieses Argument zog nicht. Na ja, dachte Peter bei sich, dann eben nicht! Ihr werdet schon sehen, was ihr davon habt.

Die nächsten Wochen sah man Peter immer wieder über irgendwelchen Plänen brüten.

Es wurde immer wieder etwas verändert, dann etwas Neues hinzugefügt.

Oft stand er vor dem Zielobjekt und schaute sich den Publikumsverkehr an, notierte sich dies und jenes und mit der Zeit füllten sich langsam die Seiten.
Noch war er unschlüssig, wie er die Sache angehen sollte. Da gab es noch ein paar kleine Punkte, die er noch nicht gelöst hatte. Aber die sollten sich doch in absehbarer Zeit realisieren lassen, dachte er so bei sich.

Aber jetzt kommt es ja auf jedes Detail an und die sollte er doch, unabhängig von allen offenen Punkten, doch schon genau aufnehmen und erfassen. Peter bekam wieder richtig Spaß am Planen, am Tüfteln und am Erfassen von den Einzelheiten.

Dies konnte er schon in seinem Berufsleben immer sehr gut und war dadurch in vielen Gesprächen immer bestens vorbereitet. Da konnte man ihm kein X für ein U vormachen. Und dies, mit Verlaub gesagt, war schon eine tolle Nummer, die er jetzt ausbrütete. Ich will jetzt nicht in allen Details gehen, damit wir nicht noch Nachahmer finden, die dies ebenfalls versuchen wollen.

Also lassen wir den Peter mal etwas in Ruhe, damit er seine Planungen ungestört fortführen kann."

Während Peter Pläne für ein großes Ding ausbrütete ging bei mir soweit alles seinen gewohnten Gang. Ich pendelte zwischen Arbeit, Krankenhaus und Zuhause hin und her.
Ich versuchte allen gerecht zu werden und lebte in der Hoffnung, das meine Frau ihre Krankheit überleben würde.

Die ersten Therapien hatte sie soweit überstanden, die von den Ärzten prognostizierte Lebenserwartung von drei bis vier Wochen hatte sie auch schon hinter sich gelassen. So waren wir wieder etwas hoffnungsvoller geworden und atmeten erst einmal tief durch.

Vielleicht klappt es ja doch …

Wer weiß das schon?

So gingen die Wochen ins Land, und ich freute mich über jeden noch so kleinen Fortschritt, den meine Frau machte. Jeder kleine Schritt brachte uns weiter. Hoffentlich blieb dies auch so?

Aber schauen wir mal wieder unserem Peter zu. Sein Anwalt hatte es tatsächlich geschafft, aus den unterschlagenen Werten und Geldern per Gerichtsentscheid wieder eine kleine Summe loszueisen und mit der konnte Peter nun endlich seine Pläne umsetzen.

Zuerst machte er sich auf die Suche nach einer Wohnung, die in der unmittelbaren Nähe seines Zielobjektes lag.

Eines Tages las Peter eine Anzeige und die hörte sich nicht schlecht an.

Peter machte sich sofort auf den Weg, und zu seinem großen Erstaunen musste er feststellen, dass die Wohnung fast ideal zu seinem Plan passte. Es war ein Glücksfall ohne Ende. Und das Schönste war, Peter bekam die Wohnung! Endlich konnte er aus seinem Wohnwagen ausziehen. Aber irgendetwas ließ ihn noch vorsichtig sein.

Er behielt den Wohnwagen, nach dem
Motto, wer weiß, wozu es gut ist.
Damit hatte er eine wichtige Hürde
beziehungsweise sehr gute
Voraussetzungen geschaffen, um
seinen Plan in die Tat umzusetzen.

Gleichzeitig konnte er jetzt vom
Wohnzimmerfenster zu jeder Zeit jede
Bewegung festhalten und
kontrollieren. So bekam er ein
perfektes Zeitraster, was ihm für die
weiteren Arbeiten noch sehr hilfreich
sein sollte.

An einem schönen Märzmorgen
machte sich Peter auf ins Ruhrgebiet,
um dort eine Ausstellung über den
Bergbau zu besuchen.

Peter ließ sich viel Zeit, schaute sich
alles sehr genau an und fragte auch
oft einen Bediensteten nach weiteren
Details. Auch an einer Rundführung
nahm er teil.
Sein Block füllte sich mit Notizen und
Zeichnungen. Sein kleines Maßband
legte er hier und dort an.

Immer wieder notierte er sich Zahlen und Maße. Nach gut acht Stunden verließ Peter die Ausstellung wieder und nun wusste er über vieles Bescheid.

Mit diesem Wissen fuhr er nach Friesland heim. Goliath wartete schon sehnsüchtig auf ihn. Dann machten die beiden einen langen Spaziergang und Peter ließ den Tag mit seinen gewonnenen Eindrücken Revue passieren.

Sie kamen erst spät wieder zurück.

Peter und Goliath freuten sich auf ihre neue Schlafstätte und jeder dachte an das, womit er sich an diesem Tag beschäftigt hatte.

Peter dachte an den Bergbau und Goliath träumte von einer langen Wurst, die nur er verputzen durfte. So träumten beide in einen neuen Tag hinein.

Gestärkt mit einem guten Frühstück machte sich Peter an die Arbeit.

Er plante, er schätzte, er schrieb und er überlegte. Gegen Mittag machte sich Peter auf in den Baumarkt, um dort einige Sachen zu besorgen. Voll bepackt kam er wieder zurück.
Seine Arbeitsliste wurde um zahlreiche Gerätschaften erweitert.
Dann kam aber der heikelste Teil seiner Planung dran. Die genaue Vermessung der einzelnen Entfernungen zu seinem Zielobjekt.
In einer dunklen Nacht ging Peter auf die Straße, um dort, in der Stille der Nacht, einige Maße zu nehmen. Er ging ganz langsam auf und ab, schaute sich mal diese Wand an und mal jene. Immer wieder machte er sich Notizen.
Wieder in der Wohnung, setzte er sich an das Fenster und überlegte, welchen Weg er nehmen sollte? Den direkten Weg? Aber dazu bräuchte er noch einen Plan seines Objektes. Oder sollte er direkt an einer Mauer beginnen? Peter saß noch lange an dem Fenster und grübelte daüber nach.

Eines Morgens, Peter hatte gerade gefrühstückt und schaute aus dem Fenster.

Was musste er dort sehen?

Eine Arbeitskolonne rückte an und setzte einige Absperrungen. Sollten hier Arbeiten beginnen?

Peter dachte nach. Könnte er sich hier nicht einfach dranhängen?

Was bräuchte er dazu? In den nächsten Tagen beobachtete Peter die Baustelle sehr genau. Doch ihm ging dies alles zu schnell, mit den Arbeiten auf dieser Baustelle.
Aber es wäre schon eine Chance wert, dachte Peter bei sich. Aber kann er dies alles zügig vorbereiten und planen? Eine gute und genaue Planung ist der Schlüssel zum Erfolg. Den wollte er ja haben! Deshalb zauderte er noch etwas.
Dann hatte er Glück, das Wetter wurde wieder schlechter, es fing an zu schneien und die Arbeiten kamen zum Erliegen.

So hatte er etwas  Zeit gewonnen und konnte seine Planungen in der ihm eigenen Genauigkeit weiter voran treiben. Er lief das ein und andere Mal um die Baustelle herum, um jedes kleine Detail aufzunehmen. Dann folgte ein Besuch in seinem Zielobjekt. Er informierte sich über verschiedene Anlagemöglichkeiten, über Schließfächer und vieles mehr.

Sein Plan bekam immer genauere Konturen. Nach vierzehn Tagen wurde es wieder wärmer, der Schnee taute und die Arbeiten auf der Baustelle konnten weiter gehen.

Aber auch Peter war jetzt so weit und konnte den ersten Versuch starten.

In der Nacht baute er ein Zelt auf, so wie es die Arbeiter auch brauchten, um an den Leitungen im Erdreich zu löten. Nur stand dieses Zelt sehr nahe an der Wand seines Objekt der Begierde. Zum Glück interessierten sich die Arbeiter auf der Baustelle nicht dafür, sondern sie machten nur ihre Arbeiten.

So konnte Peter tagsüber die ersten
Bohrungen an der Wand vornehmen,
um weitere Messungen anzustellen.
Es war keine besonders dicke und
starke Wand, auf die Peter da stieß.
Sollte sein Vorhaben doch leichter
sein, als er es geplant hatte?
Vorsichtig setzte er seine Tätigkeit
fort. Zum Glück fiel er nicht auf und
konnte in aller Ruhe dort arbeiten.
Mittags aß er vor seinem Zelt und
kam mit dem ein oder anderen
Arbeiter ins Gespräch.

So erfuhr er, dass die Arbeiten bald fertig seien.

Also musste er sich beeilen. Dann setzte er wieder den Bohrer an und ganz langsam ließ er ihn durch das Mauerwerk treiben. Nach einer kurzen Zeit war er durch. Mit einer kleinen Minikamera konnte er sehen, wo er gelandet war. Er kam aus dem Staunen nicht mehr heraus. Vorsichtig machte er das Loch wieder zu, da sich der Feierabend zeigte und Peter sein Zelt verlassen musste, um nicht aufzufallen.

So ging er auch erst einmal nach Hause. Als er zu Bett ging schaute er nochmals auf sein Werk und vergewisserte sich, ob alles noch in Ordnung war.

Dann am anderen Morgen, es war kurz nach sechs. Peter wurde aus dem Schlaf gerissen. Was waren das für Geräusche? Was hatte er da vernommen?

Noch völlig schlaftrunken ging Peter an sein Wohnzimmerfenster und schaute ungläubig hinaus.
Da… da… waren doch Arbeiter damit beschäftigt, die Absperrungen zu entfernen und sein… Zelt stand auch schon nicht mehr.
Die mühsam geschaufelte Grube war auch schon zu und mit neuen Platten geschlossen worden.

Peter konnte es nicht fassen, so nah am Ziel… und dann dieses? Warum passiert dies immer mir?

So kurz vor` m Ziel?

Aller Einsatz war mal wieder umsonst.

Nun ja, jetzt war der erste Plan gescheitert, aber vielleicht war dies auch ein Zeichen, dass er noch etwas genauer planen sollte, dass man auch einige Unwegsamkeiten einplanen sollte, um einen Misserfolg zu umgehen.

Also ging Peter noch einmal seine gesamten Aufzeichnungen durch, ergänzte hier und dort etwas und an der ein oder anderen Stelle machte er sich noch eine zusätzliche Notiz:

Hier noch mal prüfen!

Dann machte er sich an die Ausarbeitung des zweiten Planes. Aber da stieß er noch auf ein paar logistische Probleme. Eigentlich hatte er sehr gute Voraussetzungen für sein Vorhaben.
Er wohnte im Erdgeschoß mit Blick auf sein Zielobjekt und hatte noch einen Kellerraum zur Verfügung. Eigentlich müsste alles passen.

Ab dieser Zeit hatte Peter nur noch ein Ziel:

Dieser Coup muss gelingen!

In den nächsten Tagen war er sehr viel unterwegs und schleppte eine Menge Sachen in seine Wohnung.

Es sah fast so aus, als würde Peter einen kompletten Umbau in seiner Wohnung veranstalten. Dabei ging Peter sehr vorsichtig zu Werke. Er nutzte die Zeiten, wo andere Mitbewohner nicht im Hause waren, so das er recht unbeobachtet blieb.

Dennoch musste er in den nächsten Tagen und Wochen sehr vorsichtig sein, um nicht aufzufallen und so sein "Werk" zu gefährden.

Nachdem Peter soweit alles zusammen hatte was er brauchte, konnte er eigentlich starten.

Aber zuvor rief Peter mich an, ob wir unser jährliches Treffen nicht etwas vorziehen könnten. Ich konnte, und wir trafen uns dann wieder in der Schweiz am Gardasee. Wir blieben zwei Tage, da ich auch nicht zu lange von meiner Frau wegbleiben wollte, die ja mittlerweile in einer Pflegeeinrichtung lag.

Peter war dies auch   recht so. In dieser Zeit war er sehr redselig und gelockert. Ganz im Gegensatz zu früher. Auch wenn sich alles so hinzog mit den Geldern, seinem Besitz und seiner Scheidung. Ihm war es mittlerweile egal geworden und so blühte er auf. Allerdings schwieg er eisern, warum er so aufgekratzt war. Nur einmal machte er eine kleine Andeutung, die ich aber nicht so recht begreifen konnte. Statt nachzufassen, unterließ ich die Nachfrage. Später konnte ich mir einen Reim darauf machen, was er mir damit sagen wollte.

Als wir wieder auseinander gingen, war ich froh, dass Peter wieder Mut gefunden hatte und ich hoffte für ihn mit, dass er wieder zu seinem Besitz kommen würde. So gingen wir voller Erwartungen auseinander und sagten uns adieu bis zum nächsten Jahr.
Peter hatte nun freie Bahn und konnte loslegen, während ich schnellstens zurück fuhr, um meine Frau in der Pflegeeinrichtung zu besuchen.

Am nächsten Tag nach der Rückkehr aus der Schweiz legte Peter los. Mit einem Kompass bestimmte er den Anstichpunkt und dann fing er an, in seinem Keller, die Wand in Richtung Zielobjekt zu durchbrechen.

Einen Teil des Abraumes konnte er ja noch in seinem Keller lagern, aber nicht sehr lange, da er sich sonst nicht mehr in dem Raum bewegen konnte.

Aber wie bekam er jetzt den Abraum aus dem Kellerraum heraus, ohne dass dies einer bemerkte?

Peter kam dann auf die glorreiche Idee, ein Loch in die Kellerdecke direkt in seine Wohnung zu brechen, damit er den Abraum, mittels eines Kettenzuges hoch- hieven konnte, um ihn dort erst einmal einzulagern.

In den nächsten Tagen wurde dieser Gedanke umgesetzt und Peter konnte den Gang weiter nach vorne treiben.

Die Arbeiten gingen auch gut voran, bis der Schutt so viel wurde, dass Peter nach einer weiteren Lösung suchen musste, wo er den Abraum hinbringen wollte.
In den Nächten der nächsten Tage war Peter unermüdlich dabei, den Abraum zu verteilen. Manch ein Hausbewohner wunderte sich, wieso jetzt die Beete höher lagen als früher. Aber keiner machte sich weitere Gedanken darüber. Man schüttelte den Kopf und sagte sich:

Wieder eine so sinnlose Maßnahme der Hausverwaltung!

Peter hatte es geschafft den gesamten Abraum aus seiner Wohnung herauszu- bringen und ihn auf dem Areal zu verteilen.

Aber wo sollte er den nächsten Abraum hinbringen? Jeden Abend war er deshalb mit Goliath unterwegs, um nach weiteren optimalen Ablagerungsmöglichkeiten zu suchen.

Sie sollten auch nicht so weit sein, sodass er mit dem Fahrrad und dem Hundeanhänger dies unverdächtig wegbringen konnte.
Goliath fuhr dann, stolz wie Oskar, im Körbchen vorn am Lenker mit.

So ackerte Peter tagsüber wie ein Berserker und am Abend war er dann unterwegs, um den Abraum zu entsorgen. Mancher Gartenbesitzer wunderte sich Tage später, dass sein kleiner Sandberg eine beträchtliche Höhe angenommen hatte.
Darüber wunderte sich auch ein Straßenbauunternehmen, die ein Loch aufgemacht hatte, um im Zuge einer Reparatur an die Gasleitung zu kommen und feststellen musste, dass das Loch über Nacht wieder zugeschüttet worden war.

Damit Peter nicht auffiel legte er eine kurze Pause ein, ruhte sich aus, mache lange Spaziergänge, drängte seinen Anwalt zu mehr Aktivität und sprach hier und dort mit den umliegenden Bewohnern.

Bei diesen Gesprächen kam auch der ein oder andere auf die plötzliche Zunahme in seinem Garten zu reden. Peter staunte nur, schüttelte den Kopf und meinte trocken: "Wer tut denn so etwas? Unverständlich."

Im stillen aber dachte Peter bei sich: Wenn der wüsste, was er noch Kubikmeter an Abraum hat, dann kann er hier noch einiges erwarten. Daher wäre es schön, wenn er doch die plötzlichen Mengen des Abraumes in seinem Garten entsorgen würde. Damit er noch einmal kommen könnte.

Nachdem sich die Gemüter etwas beruhigt hatten, ging Peter wieder ans Werk. Peter kam gut voran. Seine Studien in der Ausstellung "Bergwerk" kamen ihm jetzt zu gute, sodass er einen perfekten Stollen bauen konnte.

Die ersten acht Meter hatte er ohne große Probleme schon geschafft.

An einem Dienstagmorgen, Peter hatte schon wieder einen halben Meter geschafft, stieß er auf ein Hindernis, dass in seinem Plan nicht verzeichnet war. Hatte er etwas übersehen? Konnte aber doch gar nicht sein? Oder war er doch von seiner Linie abgewichen? Der Kompass zeigte aber an, dass er doch genau auf der richtigen Linie war.

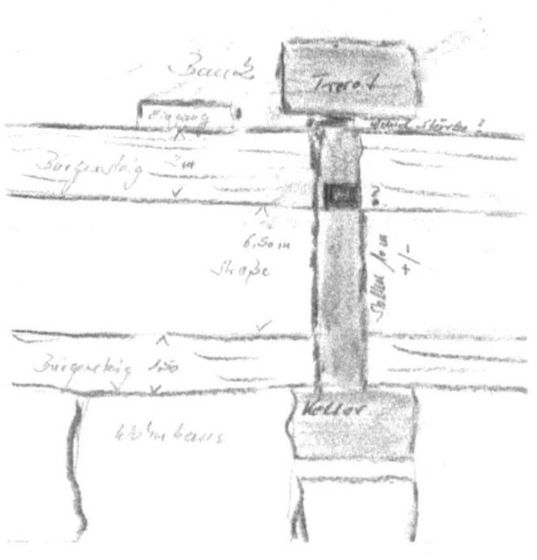

Also, woher kam dieses Hindernis und was ist hinter der Mauer?

Vorsichtig bohrte Peter die Wand an und ließ in das Bohrloch seine kleine Kamera vorsichtig hineingleiten.

Was musste er sehen? Das sah aus wie ein Abwasserkanal. Aber wo kam der her? Nachdem er die Kamera mehrfach schwenkte, musste er feststellen, dass dies ein aktiver Kanal war. Also musste er einen Schlenker machen. Nachdem er zwei Meter nach links gegangen war, ging es wieder geradeaus weiter.
So umkurvte er den Abwasserkanal und war dann wieder zurück auf seiner Ideallinie. Den zusätzlichen Abraum musste er ja auch wieder entsorgen.

Aber wohin damit?

In den nächsten Tagen staunten immer mehr Bürger darüber, dass Beete plötzlich erheblich höher lagen, dass auf dem Kinderspielplatz ein neuer Sandhaufen lag oder der Komposthaufen, plötzlich zwei Meter hoch war.

Aber wo sollte der Sand denn herkommen? Bisher hatte keiner etwas ungewöhnliches bemerkt. Auch Peter wurde auf diese neuen Zustände aufmerksam gemacht.

Bei den Beeten machte Peter die Bemerkung, dass dies doch gar nicht so schlecht sei, da ja bei der Pflege, das anstrengende Bücken entfallen würde. Oder bei den anderen Stellen konnte Peter nur leicht mit dem Kopf schütteln und gab nur ein "ttttt" von sich geben.
Zum Glück habe er ja nur eine Wohnung, gab er zurück.
Trotzdem gönnte sich Peter eine weitere Pause, um nicht aufzufallen.


Auch für seine Muskeln war die Pause schon notwendig, denn die Schmerzen nahmen doch mit jeden Tag zu.

Nach einer Woche ging es weiter.

"Der Bruch"


Die Woche der Ruhe tat Peter sehr gut. Frisch gestärkt konnte er wieder loslegen. Die Lage in der Siedlung hatte sich wieder beruhigt und so stand den weiteren Ablagerungen in den verschiedenen Bereichen des Ortes vorerst kein weiteres Hindernis mehr im Wege.

Die nächsten Tage war Peter wieder in seinem Element. Aber dann kam etwas, womit er nicht gerechnet hatte. Ein schweres Unwetter ging eines Tages nieder und die großen Wassermassen suchten die Wege in die Tiefe der Erde. So wurde auch der Abwasserkanal geflutet und an manchen Stellen drang das Wasser wie aus einer Fontäne direkt in seinen Stollen. Peter versuchte dem Herr zu werden und die Stellen, wo das Wasser in seinen Stollen hinein schoss, abzudichten, was sich aber als sehr schwierig erwies.

Erst als er versuchte, Holzstücke in die Löcher zu treiben, konnte er einen kleinen Erfolg feiern. Aber wie sollte er seinen Stollen trockenlegen?

Er hob in aller Eile eine größere Grube aus und ließ das Wasser dort hinein fließen. So konnte er seinen Stollen weitgehend trocken legen. Am nächsten Morgen hatte sich die Lage beruhigt und Peter konnte weiter arbeiten. In den nächsten Tagen war Peter seinem Ziel schon recht nahe gekommen. Nur noch wenige Meter stand er vor seinem Ziel.
Hoffentlich war er noch auf seiner Linie? Eine Frage, die ihn immer wieder beschäftigte. Aber er ließ sich von seinem Optimismus leiten und der sagte zu Peter. "Du bist schon auf der richtigen Spur"!
Von diesen Optimismus ließ sich Peter tragen und legte sich noch einmal so richtig ins Zeug. Der Abstand zu seinem Ziel wurde mit jeder Stunde, mit jeden Tag kleiner.

Seine Erregung wurde immer größer.

Auf einmal fiel ihm ein, dass er sich mit einer Frage noch gar nicht beschäftigt hatte. Was macht er mit dem Bruch, wenn das alles klappen sollte. Wohin soll er den Bruch bringen? Wie soll er den sicher stellen für den Fall, wenn er in den Fängen der Polizei geraten sollte? Während er so darüber nachdachte, rutschte ihm sein Herz doch schon stark in die Hose hinein.

Mit jeder Schaufel, die er heraus holte, dachte er sich einen Weg aus, der ihm alle Optionen offen ließ. Aber wo sollte ein sicherer Ort sein? Ein Ort, der ruhig lag, der dennoch gut zu erreichen war und wo er jederzeit unerkannt hin kommen konnte. Immer wieder grübelte Peter darüber nach.

In seinem Vertreterleben war er ja schon fast überall in Deutschland unterwegs gewesen. In seinem Geiste spulte er immer wieder seine Touren zu seinen Kunden herunter und versuchte sich zu erinnern, wo er einen Ort hatte, der seinen Ansprüchen genügte.

Je mehr er darüber überlegte, um so mehr fielen ihm Orte ein, die geeignet sein könnten. Zwei Tage später, er stand schon kurz vor seinem Ziel, da fiel ihm eine Tour ein, die er vor gut zwei Jahren noch gefahren hatte. Dies war eine Strecke durch Thüringen. Immer mehr Einzelheiten kamen ins Gedächtnis zurück.

Peter stoppte seine Arbeiten und besorgte sich Kartenmaterial aus dieser Gegend. Dann schaute er in eine Tageszeitung hinein und suchte unter der Rubrik "Automobile" nach einem fahrbaren Untersatz. Nachdem er schon einige Reihen studiert hatte, fiel sein Blick auf eine kleine Annonce, die da lautete:

Liebevoll gepflegter Rentnerwagen günstig abzugeben. Peter rief an. Der Wagen war noch da. Er machte mit dem Besitzer einen Termin und fuhr dort hin. Dort angekommen, schaute er sich den Wagen ganz genau an und er musste feststellen, dass das Auto zwar schon recht alt war, aber dennoch sehr gepflegt aussah.

Der Preis war auch in Ordnung und Peter kaufte ihn, nach einer kleinen Probefahrt.
Noch am gleichen Tag machte sich Peter auf den Weg nach Thüringen, zu dem Ort, der ihm als geeignet erschien. Der Wagen lief wirklich noch sehr gut und so kamen sie auch recht zügig voran.

Nach einigen Stunden hatte Peter sein Ziel erreicht, stellte den Wagen ab und machte sich auf den Weg, um die Lage auszuloten.
Peter machte zahlreiche Fotos und Notizen. Nach einer Stunde sagte er leise zu sich:

"Ja, das ist es!"

Hier könnte ich das Geld aus dem Bruch super lagern, zumal es noch eine Besonderheit gibt.
Die Peter aber still für sich behielt.

Jetzt galt es vorsichtig zu sein. Um nicht aufzufallen, sammelte Peter noch ein paar Pilze bevor er sich zu seinem Wagen aufmachte, um wieder in Richtung Heimat zu fahren.

Am späten Abend in Friesland zurück, stellte Peter den Wagen ein paar Straßen weiter ab. Es sollte ja nicht jeder mitbekommen, dass er jetzt ein Auto hatte. Lange brannte noch das Licht in seiner Wohnung. Er brütete über den Karten und machte sich Notizen.

Dann tauchte die Frage auf: Wie sollte er das Geld schützen, wenn das Eintreffen sollte, was er gesehen hatte?

Eins war auf jeden Fall sicher, das Geld musste wasserdicht und am besten noch in einem sicheren Behälter verpackt werden, denn wann wüsste er schon, zu welchem Zeitpunkt er den Behälter wieder bergen konnte. Er sollte schon eine lange Zeit überdauern können.

Am nächsten Morgen war Peter schon in aller Frühe unterwegs, um in einem Baumarkt nach dem etwas Passenden Ausschau zu halten. Er wurde schnell fündig. Dann ging es wieder nach Hause, um mit den Arbeiten fortzufahren.

Einen Tag später, es war so gegen elf Uhr stand Peter vor seinem Ziel.

Und es sah gut aus. Peter hob den Schacht noch sauber aus und legte sich dann etwas hin.

Gegen sechs Uhr Abends wurde er wach, machte sich noch einmal eine kräftige Mahlzeit, legte alles bereit für einen schnellen Abtransport und dann konnte der Countdown beginnen.

Aber bevor Peter zum Anstich ansetzte, ging er noch einmal raus auf die Straße, machte mit Goliath einen kleinen Spaziergang und schaute sich noch einmal genau um, ob auch alles in Ordnung war.
Er sah auch nach seinem Wagen, der ja ein paar Straßenzüge weiter stand. Auch hier war alles okay.

Jetzt konnte er mit seinem Coup beginnen. Voller Erwartung und mit einer gewissen Anspannung ging Peter vorsichtig ans Werk. Der Bohrer kam gut durch das Mauerwerk. Dann war es soweit. Der Bohrer lief schon nach einer kurzen Zeit ins Leere. Peter staunte nicht schlecht. War die Mauer wirklich nur so dünn? Er konnte es kaum glauben.

Vorsichtig setzte er seine Kamera in das Bohrloch und schob sie durch.
Was er da nun zu sehen bekam, ließ ihm sein Blut in den Adern gefrieren. Er war goldrichtig und der Raum war voll.

Kaum zu glauben!

So viel Glück!

Nun galt es sich  zu beeilen, denn die
Nacht ist ja nicht so lang.

Schnell hatte er in die Mauer ein Loch
geschlagen,  so  dass  er  bequem
hinein steigen konnte.
Er nahm zwei Koffer mit und begann,
diese in aller Ruhe zu füllen. Er nahm
nur die großen Scheine.

119

Ein paar kleine Scheine verschwanden in seiner Hosentasche - für unterwegs dachte er sich.
In jedem seiner Koffer gingen über zwei Millionen Euro. Dabei lag noch viel mehr hier herum. Peter holte noch einen Koffer füllte ihn auf, sodass hier fast noch einmal zweieinhalb Millionen Euro verschwanden.

Sorgfältig räumte Peter die Geldstapel auf, sodass man auf den ersten Blick nicht feststellen konnte, dass etwas fehlte.

Ebenso säuberte Peter penibel den Boden unter dem Mauerdurchbruch und schob ein Regal vor das Loch, dass er noch etwas mit einigen Geldbehältern auffüllte, so, dass ein Blick nicht sofort darauf fiel.
Dann zog sich Peter aus der Geldkammer zurück.

Vorsichtig füllte er das Loch wieder mit Material und setzte hier einen Schnellbindezement ein.

Dann schleppte er seine Beute nach oben und machte sie fertig für den Abtransport. Er packte seine Habseligkeiten zusammen, und am frühen Morgen holte er seinen Wagen vor die Türe, verstaute seine Kiste und die Koffer in den Kofferraum.

Bevor er los fuhr verdeckte er, soweit es ging, seine "Arbeitsbereiche" und schloss die Türe ab. Anschließend machte er sich mit seinem treuen Gefährten Goliath auf den Weg.

Die Freude über den gelungenen Coup kam erst jetzt zum Ausdruck. Nun fiel alle Anspannung von ihm ab. Er weinte vor Freude und Glück. Hoffentlich sah ihn jetzt keiner so? Zu sich sagte er:

"Peter, bleib vernünftig und ruhig."

"Du hast etwas Tolles geleistet, aber bleib jetzt weiterhin ganz ruhig."

Er riss sich zusammen und fuhr ruhig seine Strecke.

In einer größeren Stadt angekommen
fuhr er zum Bahnhof, stellte den einen
Koffer in ein Schließfach und schickte
den Schlüssel seiner Frau und seinen
Kindern zu, mit dem Hinweis auf eine
letzte, große Überraschung von ihrem
Mann.

Peter setzte sich an das Steuer
seines Autos, seine Fahrt ging weiter.

So fuhr er an diesem schönen,
sonnigen Morgen seinem Ziel
entgegen.

Gegen acht Uhr dachte er unbewusst an die Mitarbeiter der Bank, die jetzt ja den Tresor aufschließen würden. Werden sie etwas merken?
Wann werden sie es merken? Wilde Gedanken kreisten in seinem Kopf herum.

Mittlerweile war er an seinem Ziel angekommen. Er packte seinen Handkarren aus, legte die große Kiste in den Wagen, darüber kam sein Angelzeug, sein Zelt und dann ging es mit Goliath zu seinem Zielpunkt. Unterwegs trafen sie auch noch einen Angler.
Peter kam mit ihm kurz ins Gespräch, man wünschte sich Petri Heil und dann trennten sich ihre Wege wieder. Nach einiger Zeit war Peter an seinem auswählten Ort angekommen. Einem kleinen See. Hier wollte er seine Beute verstecken. Er schaute sich nach allen Seiten um. Still war es hier. Peter baute erst einmal in aller Ruhe sein Zelt auf, legte die Angel bereit und beobachtete eine Zeitlang mit einem Feldstecher die Umgebung.

An diesem Tag war es ausgesprochen ruhig hier. Zur Sicherheit ließ er noch einige Zeit verstreichen.

In der Zeit machte er sich Notizen über seine Stelle wo er sein Depot anlegen wollte. Er schritt in aller Ruhe, den Weg von der Straße zum Gewässer ab.
Er kam auf rund 667 Schritte oder 2.224 Schuhlängen.

Dann nahm er einige Besonderheiten auf, wie Bodenformationen, verschiedene Baumarten und Bäume mit markanten hervorstechenden Wuchsmerkmalen. Alle 100 Schritte machte er einen kleinen Steinhaufen. Alle 300 Schritte baute er einen runden, etwa einen Meter breiten Steinkreis, den er mit Schnellzement verband.
Nachdem er sich noch einmal vergewissert hatte, dass in dieser Umgebung alles ruhig war, begann er, ein entsprechendes Loch auszuheben.

Nach einiger Zeit hatte Peter unter dem Schutz seines Zeltes eine beachtliche Grube ausgehoben, und nun konnte er die Kiste dort vergraben. Als Markierung baute er einen weiteren Steinhaufen auf. Diesmal mit einem Ausläufer zum Ausgangspunkt von dem Weg.

Dann setzte er sich ruhig auf seinen Hocker und hielt die Angel in den kleinen See. Und was soll ich sagen: Peter hatte Glück, ein prächtiger Fisch hing an seiner Angel. Dies war ein guter Auftakt für eine Mahlzeit am Mittag. Peter nahm den Fisch aus, und dann wurde er über einer offenen Feuerstelle gegart. Er schmeckte sehr lecker.
Auch Goliath war damit sehr zufrieden.

Peter blieb noch bis zum späten Nachmittag an dem kleinen See und hatte das Glück noch drei weitere Prachtexemplare zu fangen. Dann ging es zurück. Hoffentlich hatte ihn keiner beobachtet, wie er hier geangelt habe.

Aber scheinbar war das nicht so.

Peter ging nicht auf dem direkten Weg zurück, sondern folgte der Straße, auf der er gekommen war. Anscheinend war dies ein Rundweg und er sollte ihn zum Ausgangspunkt zurückführen. Peter ging diesen Weg und wunderte sich manchmal, warum der Weg nicht um das kleine Gewässer führte, was eigentlich Sinn gemacht hätte.

An manchen Stellen sah es so aus, als wenn hier das Wasser mal viel höher gestanden hätte.
Noch dachte Peter sich nichts dabei - bis er kurz vor seinem Ziel, dort wo sein Wagen stand, an einer Tafel vorbei kam.
Mit Staunen musste Peter feststellen, das dieses Gelände zu einer Talsperre gehörte. Es musste trockengelegt werden, wegen Reparaturarbeiten an der Staumauer.

Bald sollte es wieder geflutet werden.

Nun, dachte Peter bei sich, dies wäre auch keine schlechte Sache, dann müsste er halt eben tauchen, um an seinen Schatz heran zu kommen.
Aus den technischen Angaben heraus, die Peter dem Schild entnehmen konnte, erkannte er, das der See eine Stauhöhe von ca. vierundzwanzig Meter haben sollte. Gut, dies dürfte kein Hindernis für ihn sein. Gleichzeitig hätte es den Vorteil, wenn der Stausee geflutet werden sollte, dass man seine Spuren nicht sofort finden würde. So wäre es gut, wenn der See bald geflutet wird. Peter machte sich noch eine Zeichnung von den Umrissen des Stausees und weitere Notizen.

Anschließend fuhr er in einen nahe gelegenen Ort, um dort zu übernachten.

In der Bankfiliale.

Bisher hatte kein Mitarbeiter etwas unauffälliges im Tresorraum bemerkt. Erst als der Abteilungsleiter diesen betrat, fiel ihm auf, dass das Regal verschoben war und nicht an dem Platz stand, wo dieses Regal eigentlich hätte stehen sollte. Wer hatte dies veranlasst? Er ging wieder nach oben und befragte alle Mitarbeiter, wer denn das Regal umgestellt hat.

Aber keiner konnte hierzu etwas sagen. Also ging er noch einmal hinunter, um sich dies näher anzusehen. Eigentlich war ja soweit alles in Ordnung, bis er hinter das Regal schaute!

Was war denn hier los?

Das sah doch...
... die weiteren Worte konnte er nicht mehr aussprechen, so sehr stockte sein Atem. Nach dem ersten Schreck rannte er nach oben, um die Polizei zu rufen.

In den nächsten Stunden herrschte hier ein Großaufgebot von Polizei, Kripo und weiteren Spezialisten. Auch die Leute der internen Revision waren anwesend. Schnell wurde eine Abrechnung gemacht und dann wurde gezählt. Den Revisoren wurde schnell bewusst, dass eine größere Summe fehlen musste. Nach Stunden des Zählens wusste man, dass rund sieben Millionen fehlten.

Aber wie konnte dies geschehen?

Mitarbeiter aus der Filiale?

Kaum anzunehmen. Hauptkommissar Elmreich übernahm die Untersuchung.
Er ließ das Regal wegräumen und schaute sich die Wand noch einmal genauer an.

Fragen nach irgendwelchen Reparaturen drängten sich auf.

Aber hier hatte man schon lange keine Reparaturen gehabt. Irgendwie kam dem Kommissar dies spanisch vor und er ließ den Teil der Wand, der so anders aussah als die Restwand, heraus brechen.

Je größer die Öffnung wurde, desto mehr kam der Kommissar ins Staunen.
Nachdem die Öffnung groß genug war, nahm er sich eine Lampe und stieg in den dahinter liegenden Hohlraum.
Er kam aus dem Staunen nicht heraus. Hatte hier einer einen Stollen gegraben? Und dies so perfekt, als wäre dies schon ein sehr alter Stollen gewesen. Vorsichtig folgte er dem Gang. Mit jedem Schritt stieg sein Erstaunen an. Ganz langsam und bedächtig folgte er dem Lauf des Stollen. Auch an der Umgehung kam er heran. Immer wieder schüttelte er den Kopf und bewunderte die perfekte Arbeit.

Aber wer machte sich hier eine solche Mühe?

Wie lange muss man an diesen
Stollen gebaut haben?
Vermutlich kann es nur eine Gruppe
gewesen sein?

Dies waren seine ersten Gedanken.
Dann stand er am Eingang zu dem
Keller, wo Peter begonnen hatte.
Allerdings hatte der auch dieses Loch
zugemauert.

Jedoch konnte man auch hier
erkennen, dass dies nicht die
originale Mauer war.

Der Kommissar rief seine Experten
und sie gingen auch hier daran, die
Mauer zu öffnen.

Voller Erwartung standen sie vor dieser Stelle und waren gespannt, was sie dahinter erwartete.
Nach einer Stunde war es dann soweit. Der Durchbruch war geschafft. Vorsichtig ging der Kommissar durch die Maueröffnung und stand im Keller. Hier sah er Werkzeug, die Streben, und als sein Blick nach oben ging, sah er auch etwas, das anders war, als was sonst der übrige Deckenboden zeigte. War auch hier eine Öffnung gewesen? Es sah fast so aus! Also setzte man auch hier den Bohrmeißel an und nach einer weiteren Stunde konnte der Kommissar durch die Öffnung nach oben steigen.
Langsam ging er durch die Wohnung. Ein Blick aus dem Fenster ließ ihn auf die Bank schauen.
In einigen Räumen lag noch eine Menge des Abraumes aus dem Tunnel.

Waren hier besonders raffinierte Täter am Werk gewesen?

Der Kommissar rief seinen Mitarbeiterstab zusammen und dann folgte sofort noch am Objekt die erste Teambesprechung und auch die ersten Maßnahmen und Aufgaben wurden verteilt.

Kopfschüttelend verließ der Kommissar erst einmal den Tatort.

Sein Mitarbeiter veranlasste alles weitere an dem Tatort. Einige Mitarbeiter gingen durch die Siedlung und stellten die ersten Fragen. Der Vermieter wurde ausfindig gemacht. Die ersten Verhöre fanden auch schon statt. Aber alles ergab kein rechtes Bild.
Wie man herausbekam, wohnte in dieser Wohnung nur ein Mann mit seinem Hund.

Wo war er jetzt...?

Sollte er vielleicht...?

Kaum zu glauben...!!

Er wohnte ja noch nicht so lange dort.
Und nur ein Mann - und dann diese
Leistung?

Wäre kaum möglich?

Oder doch...?

Nachdem der Kommissar die ersten
Ermittlungsergebnisse        bekam,
schüttelte er immer wieder den Kopf.

Sollte   dies   nur   eine   Person
bewerkstellig haben?

Dies konnte man nicht glauben.

Und wo ist er jetzt?

Was ist mit ihm passiert?

Wurde   er   vielleicht   Opfer   einer
Bande? Fragen über Fragen.
Aber er musste noch warten, bis
weitere Ergebnisse vorlagen, denn
der Ermittlungsapparat lief ja gerade
erst an. Für morgen früh hatte er eine
erneute Sitzung anberaumt.

Vielleicht gab es ja da neue Ergebnisse.

In der Presse überschlugen sich in der Zwischenzeit die Überschriften:

Rififi in Lüneburg - Sieben Millionen geklaut!

Bankangestellter deckte Super-Raub auf!

Bankraub - 7 Millionen gestohlen!

Bande mit RIFIFI-Methode zum Erfolg - sieben Millionen weg!

So und ähnlich verlauteten die Schlagzeilen.

In den Nachrichten von Fernsehen und Rundfunk überschlugen sich die Mitteilungen.

Die Phantasien wurden immer mehr angeheizt und aus dem Bankraub wurde schon fast ein globales Ereignis. Die Gruppe der Bankräuber wurde immer größer! Jeder wusste etwas mehr als der andere und man brachte es natürlich als Eilmeldung über den Sender. Manch einer wollte schon mit einem Mitglied der Bande gesprochen haben.

Dass einer der Reporter nicht auch schon beim Bruch dabei war, fehlte nur noch. Aber es war nur noch eine Frage der Zeit, bis einer dies behaupten würde. So war dieser Bankraub für die nächsten vierzehn Tage das Gesprächsthema Nummer eins in Norddeutschland.

Dann in Wildeshausen.

Peters Frau hatte den Schließfachschlüssel erhalten und rief ihre Kinder an. Gemeinsam machten sie sich auf den Weg zu dem Schließfach. Warum nur so weit weg? Aber die Neugier war doch stärker. Endlich waren sie da. Vorsichtig holten sie den Koffer aus dem Schließfach und machten sich dann schnell aus dem Staube.

Atemlos saßen sie im Wagen.

Vorsichtig öffnete der Sohn den Koffer, der doch recht schwer gewesen war.
Er konnte kaum etwas sagen. Mit offenen Mund starrte er in den Koffer. Er brachte kein Wort heraus. Dann schaute die Tochter hinein. Auch sie blieb in diesem Moment völlig sprachlos. Voller Ungeduld riss die Mutter den Koffer an sich und auch sie konnte nichts mehr sagen. Mit einem Reflex machte sie den Koffer zu und starrte völlig geistesabwesend aus dem Wagenfenster.

Es dauerte einige Zeit, bis sie sich wieder gefangen hatten.

Nach dem ersten Schreck machten sie sich erst einmal aus dem Staub. Sie fuhren so schnell es ging direkt nach Hause.
Dort angekommen, wurden in aller windeseile Türen und Fenster verriegelt. Dann wurde der Koffer auf den Wohnzimmertisch gestellt.
Alle drei standen dann fassungslos da. Man traute sich kaum ihn zu öffnen.
Peters Sohn hatte zuerst den Mut, öffnete die Schlösser und hob vorsichtig den Deckel hoch. Er ließ ihn zaghaft nach hinten fallen, beim diesem Anblick.
Auch Mutter und Tochter starrten wie gebannt auf den Inhalt.

Der Sohn hatte sich als erstes gefasst und begann zu zählen.
Ein erster Überschlag brachte die Zahl von zweieinhalb Millionen. Er verblasste bei dieser Zahl.

Bei Peters Frau machte sich ein Strahlen breit. Jetzt könnte sie ja in Saus und Braus leben. Und wenn sie dann noch das Haus und Peters Geld bekommen würde, dann hätte sie ausgesorgt und konnte in den Jet-Set aufsteigen. Das wäre ihr Leben, dass sie sich immer so gern gewünscht hatte.

Jetzt stand dem Traum nichts mehr im Wege.

Der Brief, der mit im Koffer lag, interessierte keinen von seiner Familie. Er landete als nicht gelesen auf einen Stapel alter Zeitungen in einem Ablageständer.

In der Zwischenzeit hatte die Tochter den Sekt geholt und danach flogen die Korken durch das Wohnzimmer und die Stimmung wurde immer ausgelassener.

Am anderen Morgen wurden die Scheine und Bündel, die am Tag zuvor noch durch die Bude flogen, zusammen gesucht und man beschloss, das Geld doch direkt aufzuteilen.
Die Kinder sollten je eine dreiviertel Million erhalten und die Mutter den Rest.
Man beschloss, sofort zu verreisen. Am besten in den Süden. Der Koffer wurde im Kamin verbrannt.

Jeder packte seinen Koffer und nahm seinen Anteil.

Gegen Abend war der Sohn schon unterwegs.

Am nächsten Morgen machte sich die Tochter auf die Reise.

Peters Frau blieb noch zwei Tage, gab ihrem Anwalt noch ein paar Hinweise und Instruktionen, zahlte einen großen Teil des Geldes auf ihr neues Konto in der Schweiz bei der Bank ein und dann reiste auch sie ab, mit unbekanntem Ziel in Richtung Süden.

In den Ermittlungen war man noch nicht sehr weit gekommen, aber es stellte sich immer mehr heraus, dass in dieser Wohnung nur eine männliche Person gelebt hatte, sowie ein kleiner Hund. Dies deckte sich auch mit den Aussagen aus der Umgebung. Bei den Untersuchungen über die plötzlichen Erhöhungen der Beete im Umkreis stellte man bei den Ermittlungen fest, dass dies der Abraum aus dem Tunnel war. Immer mehr kam der Kommissar zu der Überzeugung, obwohl er dies nicht so recht glauben mochte, dass es sich hier nur um einen Täter handeln konnte.

Aber wie hatte er das bewältigt?

Wie lange muss er wohl dafür gebraucht haben, um diesen Tunnel zu graben?

Warum ist dies keinem in der Nachbarschaft aufgefallen?

Es muss doch Geräusche bemerkt worden sein?

  Wie hat er den Aushub entsorgen können, ohne das dies einer bemerkt hätte?

Wer war dieser Mensch, der dort gewohnt hatte?

Stunden um Stunden quälte sich der Kommissar mit diesen vielen Fragen.

Aber er war noch keinen Schritt weiter- gekommen.

Derweil saß Peter in seinem Hotel in Thüringen und verfolgte das Geschehen in der Presse. Aber so langsam wurde ihm auch hier der Boden zu heiß. Denn je mehr an Details hervor kamen, desto vorsichtiger musste er sein.

Er fuhr noch einmal zu seinem Versteck, machte einen langen Spaziergang mit Goliath und als er an der Sperrmauer ankam, musste er feststellen, dass man mit der Flutung begonnen hatte. Im stillen dachte Peter bei sich: Dies ist keine schlechte Lösung. So würden alle Spuren vernichtet und sein Versteck wäre sicher vor irgendwelchen Besuchern. Er schaute noch einmal darauf und war beruhigt, dass es dort sicher angelegt sei. In dieser Hoffnung machte er sich auf den Weg zurück.

Allerdings, zur Wohnung konnte er ja nicht zurück.

Aber zum Glück hatte er seinen Wohnwagen ja nicht aufgegeben.

Da konnte er jetzt hin und er hatte vorerst eine Bleibe.

Kurz bevor er sein Ziel erreichte, nahm er Goliath und versteckte ihn in dem Kofferraum, damit keiner ihn verdächtigen konnte. In den Berichten war ja immer mehr über einen Mann mit einem Hund gesprochen worden, der in Frage kam, diesen sensationellen Bankraub begangen zu haben.
Die nächsten Tage lebte Peter recht zurückgezogen und still vor sich hin. Auch Goliath verhielt sich sehr ruhig und so wurde kein Verdacht geschöpft. Aber lange konnte Peter hier nicht bleiben.

Der Boden wurde ihm langsam zu heiß, zumal immer mehr Details bekannt wurden.
Peter überlegte, je mehr er den Berichten folgte und stellte sich die Frage:
Ist man ihm schon auf die Spur gekommen? Was weiß man schon über ihn?

Peter wurde schon unruhig. Sollte er schon jetzt seinen Aufenthaltsort wechseln? Oder sollte er hier ausharren und abwarten was passiert? Aber irgendwie spürte Peter, dass der Druck stärker wurde und er sagte sich: Es ist sicher besser eine Veränderung herbeizuführen.

Aber wie sollte die aussehen?

Wohin sollte sie ihn steuern?

In den nächsten beiden Tagen spielte Peter verschiedene Theorien durch. Dann hatte er sich zu einer Lösung durch gerungen.

Peter war jetzt auf der Flucht!

Auf der Flucht

In den Meldungen wurden immer neuere Details bekannt. Peter sah, dass es langsam Zeit wurde zu fliehen. Waren sie ihm schon auf der Spur? Oder hatte er Glück, noch einige Zeit unerkannt zu bleiben? Sicher war er aber nirgends mehr. Noch konnte die Polizei kein Bild von ihm veröffentlichen, da sie noch im Dunkeln tappte. Aber es war nur noch eine Frage der Zeit, wann dies geschehen würde. Also musste er untertauchen.
Peter färbte sich die Haare, ließ sich einen Bart stehen. Dann packte er sorgfältig seine Sachen zusammen, reinigte den  Wohnwagen von innen und außen, nur um keine Spuren zu hinterlassen. Dann legte er eine falsche Spur, indem er einen Prospekt über den Schwarzwald mit einigen Notizen hinter einer Verkleidung versteckte.
Bevor er losfuhr, überprüfte er noch einmal alles sehr sorgfältig und dann fiel die Tür hinter ihm ins Schloss.

Eine kurze Zeit stand er noch da und schaute auf seinen Wohnwagen, den er jetzt verlassen musste. Noch einmal liefen wie in einem Film die Tage ab, die er hier im Wohnwagen verbracht hatte. Wehmut kam auf.
Hätte er doch nicht diesen Coup machen sollen? Nein, er war notwendig! Oder doch vielleicht nicht? Jetzt konnte er sich keinen Zweifeln hingeben, jetzt hieß sein Motto: Flucht!

Er nahm Goliath in seine Arme und dann fuhren sie von dem Gelände des Campingplatzes. Es ging direkt auf die Autobahn in Richtung Norden.

Am Abend dieses Tages, es war schon spät, bekam ich einen Anruf von Peter. Er fragte mich: "Hast du etwas Zeit für mich?" "Klar", sagte ich zu Peter. "Was ist denn los?" fragte ich Peter?
Peter begann zu erzählen. "Hast du die Sache mit dem Bankraub in Lüneburg verfolgt?"

“Ja”, gab ich zurück”, “ein tolles Ding, was dort abgelaufen ist!“

“Das war ich,“ gab Peter etwas leise von sich. “Das warst du?” Ungläubig fragte ich noch einmal zurück. “Ja,” das stimmt, sagte Peter und begann zu erzählen, wie er zurück kam von unserem letzten Treffen, wie er nicht mehr in sein Haus hineinkam, wie er fast auf der Straße leben musste, ohne einen Pfennig Geld in der Tasche zu haben.

Jedoch konnte sein Anwalt etwas Geld aus seinem Vermögen lockermachen und so konnte er diesen verrückten Plan umsetzen.

Seine Familie wollte von ihm nichts mehr wissen, jetzt wo er auf der Straße leben musste. Nur sein treuer Hund Goliath war ihm geblieben.

Dann fragte er mich: “Wenn mir mal etwas zustoßen sollte, dann wäre es schön, wenn du dich um meinen kleinen Goliath kümmern würdest.” Er sollte nicht mehr in ein Tierheim kommen. Er würde mir auch noch etwas zukommen lassen, für den Fall das Goliath mal eine Behandlung bräuchte.

Ich solle mich um ihn selber keine Sorgen machen, er würde schon durchkommen. Aber zuerst müsste er erst einmal untertauchen.”
“Dann möchte ich mich noch einmal bei dir bedanken, dass du mir geholfen hast, als ich mal Hilfe brauchte.” “Du warst immer ein lieber Freund von mir.” “Ich fand die Tage am Gardasee immer so etwas wie Urlaub.” “Eine Zeit die ich immer sehr genossen habe.“

“Aber Peter, das hört sich ja wie ein Abschied an?”

“Ich hoffe doch sehr, dass wir uns am Gardasee wieder sehen werden und wenn du Hilfe brauchst, dann rufe mich einfach an. Ich bin für dich und deinen kleinen Hund Tag und Nacht da.”

“Wie heißt er noch einmal, “Goliath,“ gab Peter zurück, ja Goliath, darum kümmere ich mich schon.” “Mach` dir darüber keine Gedanken.“

“Sag` mir, wo willst du denn hin?“

“Wenn mich einer mal fragen sollte, damit ich weiß, wo ich ihn nicht hinschicken muss?”

“In den Norden!”

“In Ordnung, dann weiß ich ja in etwa Bescheid.” “Jetzt muss ich leider aufhören, da ich weiter muss, aber ich wollte nur noch einmal mit dir reden, da ich weiß, dass du Verständnis für meine Situation hast.” “Und bei dir bin ich mir sicher, dass du mich nicht verraten wirst, mein Freund.” “Nein, auf mich kannst du dich verlassen.” Dann sagte er: “Dann bis bald, mein Freund” und legte auf.
“Tschüss sagte ich leise und dann bis auf bald, Peter. So trennten sich unsere Wege erst einmal.

Peter machte sich weiter auf den Weg in den Norden.

In der Zwischenzeit

In vielen kleinen Schritten konnte der Kommissar sich ein Personenbild über den Bankräuber anfertigen. Nach den bisherigen Fakten konnte man von einem Einzeltäter ausgehen. Vermutlich muss er aber Helfer gehabt haben, denn alleine konnte er niemals einen solchen Stollen bauen. Vermutlich war der Mieter der Wohnung der Täter. Jedoch muss der Täter unter falschem Namen eingezogen sein.

Dann hatte er einen Hund, den er Goliath nannte. Eine Täterbeschreibung hatte man dadurch auch.

Aber noch war nicht sicher, dass er auch der Täter war. Darum hatte man bisher auch noch kein Fahndungsfoto ausgestrahlt. Doch jetzt nach fast zwanzig Tagen der vergeblichen Suche wollte man endlich Ergebnisse sehen. So langsam kam auch der Kommissar unter Druck. Derzeit standen noch einige Fragen im Raum, auf die man noch keine Antworten hatte. So zögerte der Kommissar noch, ein Fahndungsfoto auf Verdacht in den Umlauf zu bringen, ohne gesicherte Erkenntnisse.

Dadurch bekam Peter Zeit sich irgendwo im Norden zu verstecken.

In der Zwischenzeit ging es an verschiedenen Stellen in der Welt rund.

Peters Sohn war auf Mauritius gelandet. Er machte hier einen auf großen Maxe und warf mit dem Geld nur um sich.

Das gleiche machte seine Tochter in Spanien. Hier gab sie eine Orgie nach der anderen und lebte ins Saus und Braus.

Und dann ihre Mutter, die jetzt den Jet-set als Neureiche aufmischte, in Marbella. Ihr Leben wurde immer zügelloser und ausgefallener.

Durch einen Zufall wurde ein Mitarbeiter der Soko Lüneburg darauf aufmerksam und er begann Nachforschungen anzustellen. Irgendwie passte das mit dem plötzlichen Reichtum alles zusammen. Aber welche Verbindung bestand zu dem Bankräuber, dessen Namen man noch nicht wusste. Diskret wurden alle drei ins Visier der Ermittlungsbeamten genommen. Nach und nach trug man immer mehr Details zusammen. Dann überprüfte man die Banknoten, die eingetauscht wurden in die Landeswährung. Dabei stellte es sich heraus, dass eine notierte Notenserie dabei war, die aus dem Bruch stammte.

Lag hier eine Verbindung vor?

Eine schnelle angesetzte Hausdurchsuchung brachte weitere Details. Man fand den verbrannten Koffer, und bei der weiteren Suche fand man auch den nicht gelesenen Brief von Peter.

Kurze Zeit später klickten an drei Orten in der Welt die Handschellen und Peters Lieben mussten das ausschweifende Leben mit der harten Pritsche in der Gefängniszelle tauschen.

Sie beteuerten, dass sie, nichts von einem Bankraub und hätten zu ihrem Mann und Vater keine Beziehung mehr gehabt, nachdem sich seine Frau von ihm getrennt hatte.
Aber dann stand die Frage im Raum, wie sie an das Geld aus dem Bruch kämen?
Sie hätten eine Nachricht bekommen, dass in einem Schließfach eine Überraschung für sie wäre.

Neugierig geworden, wären sie dort hingefahren und hätten einen Koffer aus dem Schließfach geholt. Als sie den zu Hause geöffnet hätten, wäre jener voller Geld gewesen.
Aber sie wussten nicht vorher dieser Koffer kam?
Auf die Frage des Kommissar, ob sie denn nicht den Brief gelesen hätten, der dabei lag, antworteten sie:

"Nein, hat uns  nicht interessiert."

"Das Geld schon!"

"Nun", sagte der Kommissar, "in diesem Brief stand vorher das Geld war, und es sollte euch Glück bringen, das ihr Vater und Ehemann seit der Trennung nicht mehr hatte."

"Sie hätten lieber diesen Brief lesen und, die Polizei informieren sollen,"
"Jetzt sind sie wegen einer Mittäterschaft ebenfalls dran."

Mit diesem Brief war nun endlich  klar, wer hinter diesem Bankraub stand.

Damit war der Weg frei für eine bundesweite, umfassende Fahndung. So ging das Bild von Peter über sämtliche Medien hinaus. Langsam zog sich der Ring immer enger um den Flüchtigen.
Nach einiger Zeit kam der Hinweis auf einen Wohnwagen, in dem Peter gewohnt hatte. Hier fand man auch den Prospekt über den Schwarzwald.

Eine neue, heiße Spur.

Sofort wurde alles in Bewegung gesetzt. Aber man kam nicht weiter. Dann kamen Nachrichten aus Nordrhein-Westfalen, wo man Peter angeblich gesehen haben wollte. Auch diese verliefen im Sande. Immer mehr Hinweise gingen ein, aber eine heiße Spur gab es nicht.

Eines Abends, es war schon zu sehr später Stunde, rief Peter mich noch einmal an.

Er war ruhig und gelassen.

Er hatte mitbekommen, dass man seine Lieben erwischt hatte und freute sich, dass sie jetzt auch mal die andere Seite des Lebens erleben durften, so wie er.

Eine kleine Schadensfreude klang in seiner Stimme mit.

An diesem Abend, erzählte mir Peter, in einem über dreistündiges Gespräch wie er den Bruch begangen hatte, wie er den Abraum entsorgte und wie er dann plötzlich in der Tresorkammer stand. Hier war er mal wieder nach langer Zeit so richtig glücklich, einen Erfolg erzielt zu haben, den er ja so schmerzlich vermisst hatte.

Jetzt hatte er es allen noch einmal gezeigt, dass er nicht zum alten Eisen gehörte, sondern mehr drauf hatte, als manch junge Schnösel, die nur Schulwissen hatten, in der harten Praxis einen Schiffbruch nach dem anderen erlitten. Er aber hatte etwas Unmögliches geschafft und das allein - ohne jede Hilfe!

Das sollte ihm erst einmal jemand nachmachen. Peter war so voller Glück und Seligkeit über den gelungenen Coup.
Aber irgendetwas schien ihn zu beunruhigen. Nicht dass sie ihn fassen konnten, nein er fühlte sich schon seit einigen Tagen nicht so richtig auf dem Damm.
Einen Arzt wollte er nicht aufsuchen, da man ihn sonst vielleicht erkennen würde, obwohl er schon, auch dank seines Bartes, jetzt anders aussah.

Ich sagte zu Peter: "Peter, ich glaube, die letzten Wochen waren sehr anstrengend für dich und dein Körper braucht jetzt unbedingt Ruhe. Gönne sie ihm, denn brauchst sie dringend."

"Geh an der Küste spazieren und versuche deine Gedanken in eine neue Richtung zu lenken."

"Deinen Anteil hast du ja gut versteckt, sodass du selbst nach Verbüßung einer Haftstrafe eine sichere Zukunft hast." "Deine Lieben sind ihr Geld los und werden ebenfalls eine Strafe erhalten, was sie ja auch nicht anders verdient haben." Dann sagte mir Peter, "dass er ein Konto unter der Kennziffer "Goliath" eingerichtet hat und dort etwas eingezahlt hat."

"Der einzige, der an das Konto
kommen könnte, wäre ich und die
Karte wäre schon unterwegs zu mir."
Dann kam Hektik auf und Peter
verabschiedete sich sehr schnell von
mir.
Ein kurzes Bellen von Goliath
beendete unser Gespräch. Dies war
das Letzte was ich von Peter zu hören
bekam.

Was in dieser Nacht geschah weiß ich
nicht. Denn es war die letzte Nacht
des Peter Bork.

Was geschah, konnte ich nur noch aus den Polizeiakten entnehmen.

Irgendjemand hatte die Polizei zu der Stelle gerufen, wo Peter sich aufhielt. Als er die Sirenen heulen hörte rannte er so schnell er konnte zu seinem Auto und fuhr los. Während seine Häscher ihm entgegenkamen, ohne es zu wissen, fuhr Peter ihnen davon. Aber man hatte schon eine Großfahndung ausgerufen, und der Ring wurde immer enger. Doch Peter fand noch einmal einen Ausweg, indem er seinen Wagen in eine offene Garage fuhr und das Tor verschloss. Durch ein Fenster konnte er sehen, wie die Polizeibeamten jede einzelne Straße abfuhren und nach ihm suchten.
Als der Polizeieinsatz etwas nachließ, kam der Besitzer der Garage zurück und wunderte sich, dass das Tor der Garage zu war. Peter setzte sich in sein Auto und wartete darauf, dass das Tor geöffnet wurde. Dann startete er den Motor und mit einem aufheulendem Motor raste er aus der Garage heraus.

Danach begann ein Katz- und Mausspiel, das über mehrere Stunden dauerte. Immer wieder entkam Peter seinen Verfolgern.

Als er es fast geschafft hatte zu entkommen und über eine Alleestraße donnerte, die für ihn die Freiheit bedeutete, bekam Peter was man aber erst viel später feststellte, einen Herzinfarkt und verlor die Kontrolle über seinen Wagen und raste gegen einen Baum.

Am Steuer seines Wagens verstarb Peter mit einem Lächeln auf seinen Lippen. Goliath wurde aus dem Wagen heraus- geschleudert und landete in einem Gebüsch.

Leicht benommen robbte sich der kleine Goliath zum Auto hin und suchte nach Peter. Aber er  konnte ihn nur noch tot in seinem Gurt finden. Traurig saß nun hier der Hund bei seinem Herrchen und leckte ihm noch einmal so liebevoll seine Hand, wie es immer getan hatte, wenn sie beide zusammensaßen und in dem Abendhimmel schauten. Jetzt war er allein. Als er die Sirenen hörte, leckte er noch einmal die Stirn von Peter, als wollte er Abschied nehmen und ihm danken für all die Liebe, die er von ihm erfahrenmit durfte.
Dann verzog er sich ins nahe gelegenden Unterholz und harrte der Dinge, die dann geschahen. Polizei, Feuerwehr und der Rettungsdienst trafen ein. Aber es war zu spät.
In den nächsten Stunden wurde die Unfallstelle gesichert, zahlreiche Spuren wurden aufgenommen und das Unfallfahrzeug sichergestellt. Peter wurde aus dem Auto geborgen und abtransportiert. Der kleine Goliath schaute sich das gesamte Schauspiel an und blieb traurig in seinem Unterholz sitzen.

Was sollte er auch machen? So harrte er erst einmal aus.

Ahnte er etwas?

Die Nachricht, dass man den Bankräuber auf der Flucht gefasst hatte, ging wie ein Lauffeuer durch alle Medien.

Dass Peter dabei den Tod gefunden hatte, kam erst später durch. Als ich diese Nachricht hörte war ich erst einmal geschockt. Ich war irgendwie völlig von der Rolle.
Was war da eigentlich passiert? Nachdem ich näheres erfahren hatte, machte ich mich auf den Weg zu dem Unglücksort. Ich fuhr die ganze Nacht durch und kam am frühen Morgen dort an. Schon waren alle Spuren verschwunden, nur ein paar Schrammen an dem Baum, wo Peter sein Leben verlor, konnte ich noch sehen.
Still setzte ich mich dort hin und dachte an Peter, der so früh und unter so tragischen Umständen sein Leben lassen musste.

Während ich dort so saß und an Peter dachte, hörte ich etwas, was ich als ein leises Bellen vernahm. Aber noch konnte ich nichts sehen, von wem dies kam. Dann hörte ich ein Rascheln im Unterholz. Ein kleines, struppiges Etwas kam zum Vorschein. Sollte dies der kleine Goliath sein?

Der kleine Hund von Peter?

Ich rief leise "Goliath," er schaute auf, kam mit einem Schwanzwedeln auf mich zu und drückte sich ganz eng an mich. Ich nahm ihn in meine Arme und wir saßen so eine lange Zeit zusammen und schauten auf die Straße, auf den Baum und nach oben. Vielleicht konnte uns Peter ja von oben sehen, wie wir beide dort verweilten und gemeinsam um ihn trauerten.

Es war schon spät als wir uns aufmachten, um uns ein Hotel zu suchen. Die nächsten Tage wurden sehr anstrengend, da wir versuchten, Näheres über den Verbleib von Peter zu erfahren.

Der Polizei konnte ich glaubhaft erklären, dass ich mit dem Raub nichts zu tun hatte, sondern nur ein weitläufiger Freund von Peter war, der das Geschehen verfolgt hatte und der jetzt natürlich versuchen wollte, dass sein Freund ordentlich bestattet werden sollte.

Allerdings musste ich erst einmal die Freigabe seiner Leiche abwarten. Da dies noch mindestens vierzehn Tage dauern würde, bis alle Untersuchungen abschlossen wären, entschlossen wir uns, nach Hause zu fahren. Man wollte uns Bescheid geben.

So fuhren wir heim.

Goliath und ich hatten uns sofort verstanden und nun begann eine liebevolle Freundschaft oder sollte man Beziehung sagen, zwischen uns beiden. Wir waren ein Herz und eine Seele. Goliath sollte mir noch über schwere Tage hinweg- helfen.

Die Untersuchungen liefen weiter. Nachdem man nirgends etwas von dem Geld gefunden hatte, weder im Auto noch in seiner Unterkunft, gingen die Spekulationen ins Unendliche.

Aber wo waren sie, die Millionen?

Zweieinhalb Millionen waren im Koffer, den seine Familie bekommen hatte.

Also müssten die restlichen viereinhalb Millionen ja noch irgendwo sein. Peter konnte man nun nicht mehr fragen.

Aber wie sollte man die nun finden?

Alle Orte, am denen sich Peter aufgehalten hatte, wurden noch einmal akribisch untersucht. Aber man kam noch nicht so recht weiter.

Vielleicht konnte man noch etwas in dem Autowrack finden?

So war ein Leben unter tragischen
Umständen zu Ende gegangen und
keiner vermisste Peter.

Die Jagd nach der Beute

Trotz des tragischen Todes von Peter ging die Aufklärung des Verbrechens weiter.
Die entscheidende Frage war nicht mehr so sehr, ob Peter noch Mithelfer hatte, sondern die Kripo und die Bank beschäftigte viel mehr die Frage: "Wo sind die Millionen geblieben"? Nach den letzten Revisionen soll sich der Fehlbetrag auf circa viereinhalb Millionen belaufen. Auch die Suche in Peters Sachen, im Auto oder in seinem Hotelzimmer - nirgendwo gab es einen Hinweis. Oder hatte Peter auch diesmal die Beute einem Schließfach anvertraut?
Dann war die Frage: "Wo, sollte dies bitte sein"?
Der Kommissar ließ noch einmal alle Sachen von Peter, die man auffinden konnte, erneut, wie Schlüssel, Zettel und so weiter genauestens untersuchen.

Gab es irgendwo Hinweise auf ein Versteck?

Den Wagen zerlegte man in alle
Einzelteile, der Vergaser und der
Luftfilter wurden in seinen Einzelteilen
zerlegt. So sehr man auch suchte, es
wurde kein Hinweis gefunden.

Auch Peters Klamotten wurden
genauestens untersucht, selbst die
Säume wurden geöffnet.
Ferner versuchte man die letzten
Wege von Peter heraus zu finden.

Wo hatte er sich aufgehalten?

Wo hatte sein Wagen gestanden?

Wer hatte ihn wo gesehen?

Die Hinweise wurden immer
zahlreicher, aber dadurch auch immer
widersprüchlicher. Danach hätte sich
Peter in ganz Deutschland
aufgehalten. Was aber nicht möglich
gewesen wäre.

Dann fand man in einer kleinen
Seitentasche seines Anzuges eine
Tankquittung aus dem Norden.

Nach dem letzten Tankinhalt war Peter demnach nur noch wenige Kilometer unterwegs gewesen.

So tappte die Kripo auch weiterhin im Dunkel der Ergebnisse.

Die Presse machte natürlich auch mit in diesem Spiel. Die Schlagzeilen wurden immer wilder, wie zum Beispiel:

"Über viereinhalb Millionen warten auf seinen Besitzer..."

"Wer findet die Millionen? Hohe Belohnung ausgesetzt!"

"Wer löst das Rätsel über den Verbleib der viereinhalb Millionen?"

"Die Jagd kann beginnen ... viereinhalb Millionen warten auf den Finder."

So oder ähnlich lauteten die Meldungen. Aber man kam nicht weiter.

Die Frage nach dem Geld wurde immer dringlicher.

Hatte Peter das Geld bei sich gehabt, als er hier in den Norden fuhr?

Hatte er es irgendwo vergraben?

Dann wäre die Frage nach dem Wo wichtig!

Wer hat ihn dabei vielleicht beobachtet und weiß dies noch gar nicht?

Weiter war die Frage nach Helfern immer noch nicht eindeutig geklärt. Nach den Meinungen von Experten hätte ein Mann dies nicht in einer so kurzen Zeit schaffen können, einen so perfekten Stollen auszuheben und anzulegen.
Er muss Helfer gehabt haben, anders könnte man dies nicht erklären. Aber warum ist keinem in der Nähe des Tatortes etwas aufgefallen? Die Helfer müssten doch irgendwo hergekommen sein?

Es müssen also Bewegungen stattgefunden haben. Sie müssen sich ja auch Verpflegungen im nahen Supermarkt besorgt haben. Aber keinem in dieser Siedlung ist etwas aufgefallen. Man sah immer nur Peter mit seinem Hund. Sonst war nie einer dabei.

Was sollte man von dieser ganzen Sache halten?

Oder saßen gar die Helfer in dieser Siedlung?

Dies wäre ja dann schon ein dickes Ei, wenn die Mittäter aus der Siedlung kämen. Aber dies hätte man doch aus den zahlreichen Gesprächen schon herausbekommen, wenn da etwas nicht gestimmt hätte.

Oder?

Immer wieder saß der Kommissar über den Berichten, die in den letzten Wochen angefertigt worden waren.

Hatte er vielleicht ein kleines, aber unbedeutendes Detail übersehen? Hatte er überhaupt eine Spur von dem Täter? Welche Rolle spielte Peter Bork in diesem Stück? Ihn fragen konnte er ja nicht mehr.

War er der Einzeltäter?

Aber warum dann die Flucht in den Norden?

Lag dort das Geld versteckt?

Oder hatte der Täter eine falsche Spur gelegt?

Wo war er in den Tagen nach dem Bruch?

Hier war noch alles recht undurchschaubar. Gut, man hatte eine Tankquittung gefunden - aus dem Norden! Man kannte seine Unterkunft - im Norden! Man hatte seinen Wohnwagen gefunden - mit einem Hinweis aus dem Schwarzwald. Aber auch diese Spur verlief ins Leere.

Oder hatte er die Koffer, vielleicht waren es ähnliche, wie der aus dem Schließfach, den seine Frau und die Kinder im Kamin verbrannt hatten, in irgendeinem Schließfach deponiert und die Schlüssel versteckt.

Vielleicht im Wohnwagen?

Sofort erging die Anweisung, den Wohnwagen zu sichern und noch einmal bis in die kleinste Ritze zu untersuchen. Ein Trupp von Experten machte sich auf zum Campingplatz. Dort angekommen mussten sie leider feststellen, dass der Besitzer der Campinganlage, den Wohnwagen hat entsorgen lassen, da er ja einen Stellplatz unnötig blockierte und auch kein Geld mehr dafür gezahlt wurde.

Dann begann die Jagd nach dem Wohnwagen. Ein Händler hatte den alten Wohnwagen erworben und ihn auch gleich mitgenommen. Dies war vor gut vier Tagen gewesen. Zum Glück hatte der Besitzer des Platzes noch die Adresse des Händlers.

Also machte sich der Trupp auf dem Weg zu ihm.

Auf die Frage nach dem Wohnwagen, den er vor vier Tagen auf dem Campingplatz gekauft hatte, zuckte der Händler mit den Schultern und sagte, dass er ihn direkt, einen Tag später, an ein Ehepaar weiterverkauft hätte, das damit eine Reise nach Spanien machen wollte.
Er hatte zum Glück noch die Wohnadresse dieses Ehepaar und gab sie den Ermittlern. Zum Glück war die Anschrift nicht sehr weit entfernt und man machte sich sofort auf den Weg dahin.
Vielleicht hat man ja noch Glück und die Leute waren noch nicht auf Tour. Dort angekommen, war alles sehr ruhig. Auf das Klingeln an der Türe reagierte keiner. Dann befragte man eine Nachbarin, die gerade auf dem Weg zur Mülltonne war. Sie konnte bestätigen, dass das Ehepaar vor vier Tagen mit einem Campingwagen angekommen sei.

Die nächsten zwei Tagen waren sie damit beschäftigt, diesen zu reinigen und mit der Ausrüstung, welche man für einen Urlaub brauchte zu beladen.

“Wann sind sie denn weggefahren?” fragte einer der Beamten die Nachbarin. “Soviel ich weiß, waren sie gestern Morgen, als ich auf dem Weg zum Bäcker war, schon nicht mehr da,“ gab die Nachbarin zu Protokoll.

“Dann müssten sie ja schon in Südfrankreich oder an der Grenze zu Spanien sein, meinte ein Beamter.” “Das stimmt,” pflichtete ihm ein anderer bei.

“Was sollen wir tun?”

Ein Anruf ging an den Kommissar. Der veranlasste eine sofortige internationale Fahndung nach diesem Caravan. Zum Glück gab es ja ein Foto davon.

In der Zwischenzeit fuhr das Ehepaar, ohne von all dem etwas zu ahnen, fröhlich und beschwingt seinem Urlaubsziel entgegen.
Als sie dann an der spanischen Grenze angekommen waren, wurden sie von den Zöllnern noch freundlich durchgewunken. Gut gelaunt fuhren sie weiter.
Nach weiteren hundert Kilometern auf der Landstraße hörten sie die Signalhörner eines spanischen Polizeiautos. Sie fuhren ganz rechts, um es vorbei zulassen und sie waren ganz erstaunt, dass der Polizeiwagen vor ihnen hielt. Zwei weitere kamen hinzu und sicherten das hintere Ende.

Dann stiegen die Polizisten mit entsicherten Gewehren aus und machten dem Ehepaar klar, dass sie auszusteigen hätten. Völlig perplex folgte das Ehepaar den Anweisungen. Sogleich legte man ihnen die Handschellen an.

Einer der Polizisten erklärte ihnen, dass sie verhaftet seien, aufgrund eines Suchbefehles aus Deutschland.

Beide Fahrzeuge sind erst einmal beschlagnahmt. So machte das Ehepaar für die nächsten Tage die Bekanntschaft mit einer spanischen Gefängniszelle.

Nachdem man den deutschen Amtskollegen informiert hatte, dass man die Gesuchten gefunden hätte, machte der sich auch gleich mit einem Trupp von Experten auf den Weg nach Spanien. Dort angekommen, wurde er auch gleich von einem Anwalt des Ehepaares angegriffen, der nach dem Warum fragte.

Der Kommissar versuchte, die Sache zu beruhigen und interessierte sich zuerst einmal für den Wohnwagen.

Die Experten nahmen den Wagen, der in einer Halle stand, sofort in alle Einzelteile auseinander.

Durch ein Fenster konnten das Ehepaar und der Anwalt nur noch fassungslos zusehen, wie der Wohnwagen in Einzelteilen zerlegt wurde. Aber man fand keinen einzigen Hinweis, der hätte weiterhelfen können.

Trotzdem veranlasste der Kommissar eine erneute Suche in allen nur denkbaren Ritzen. Irgendwo muss es doch einen Hinweis geben.

Während die Experten nach der Nadel im Heuhaufen suchten, verlangte der Anwalt des Ehepaares nun endlich eine Aufklärung über diesen doch sehr peinlichen Zwischenfall.
Nun musste der Kommissar Rede und Antwort stehen und auch die Frage nach dem Ersatz, des nun mittlerweile total zerstörten Wohnwagens beantworten, sowie eine Entschädigung für den entgangenen Urlaubsfreuden musste jetzt und hier gesprochen werden, da der Anwalt mit einer deftigen Anklage drohte. Dann glühten die Drähte zwischen der Polizeistation und dem Kommissariat in Deutschland heiß.

Verzweifelt suchte man nach einer einvernehmlichen Lösung.

Nachdem der Anwalt schon mal eine Anklageschrift aufsetzen ließ, kam aus Deutschland  die Eilnachricht, dass man dem Ehepaar, das ja völlig unschuldig an dieser Situation war, eine Geldüberweisung für einen neuen Wohnwagen, sowie einen entsprechenden Schadensersatz für die Unannehmlichkeiten anwies, mit dem beide Parteien einverstanden waren.

Trotz einer erneuten Suche wurde man nicht fündig und konnte man die Suche nur enttäuscht abbrechen.

Dann ging es für die Beamten zurück.

Mit der Hilfe des Anwaltes besorgte sich das Ehepaar einen neuen Wohnwagen, packte seine Sachen wieder zusammen und dann ging es schnell weiter. Sie wollten nur noch eins - so schnell wie möglich weg von hier, von diesem ungastlichen Ort.

Die spanischen Polizisten entschuldigten sich mit einem großen Blumenstrauß für die Dame und einer großen 5 Liter Weinflasche für den Herrn für die Ungemach, die sie hier im Gefängnis erlitten hätten. Aber sie hatten ja nur einen Fahndungsbefehl ausgeführt.
So ging man dann einigermaßen versöhnlich auseinander.

In Deutschland ging die Suche weiter. Dann rief der Kommissar die Presse zur Mithilfe auf. Man gab ein Foto von Peter frei und in den nächsten Tagen wurden zahlreiche, bundesweite Aufrufe gestartet, um vielleicht so an neue Erkenntnisse heranzukommen.

In der Zwischenzeit bekam ich ein kleines Päckchen zugestellt. Komisch, es war kein Absender drauf. Neugierig öffnete ich es.

Außer einem kleinen Notizbuch war nichts drin.

Nachdem ich einige Blätter aufgeschlagen und kurz die Bemerkungen gelesen hatte, wusste ich, dass Peter hier mir einige Aufzeichnungen zukommen lassen wollte. Ihm war bekannt, dass ich jemand kenne, der Bücher schreibt, er hatte vielleicht mal daran gedacht, dass dieser über sein Leben einmal schreiben würde, um daraus ein Buch für die Nachwelt zu machen. Ich blätterte weiter durch das Büchlein und kam  zu den letzten Seiten. Hier hatte Peter noch einen letzten Gruß an mich und Goliath verfasst, der da lautete:


Lieber Frederick, lieber Goliath!

Ich danke von ganzem Herzen, dass ich euch habe erleben dürfen, ihr wart so anders als die in meiner Welt. Hätte ich mehr Zeit gehabt, hätte ich vielleicht die Chance gehabt, durch euch einen neuen Weg für mich zu finden. Jetzt spüre ich aber, dass mein Weg irgendwie zu Ende geht und ich muss euch verlassen.

Bitte kümmere dich um den kleinen Goliath. Er war in den letzten Monaten mein liebster Begleiter.

Ich weiß zwar nicht wie ich enden werde, aber sollte ich endgültig von dieser Welt gehen müssen, wäre es schön, wenn du mich vernünftig unter die Erde bringst.

Vielleicht besuchst du mich dann mal an meinem Grab. Dann können wir etwas plaudern, so wie wir das am Gardasee gemacht haben. Dies war für mich immer Erholung pur. Es wäre sicher toll gewesen, wenn wir alle drei dies einmal gemeinsam hätten erleben können. Aber dazu wird es leider …

Wenn du kommst, dann bring` auch bitte Goliath mit. Für die Pflege von Goliath und meinem Grab bekommst du noch etwas.
Vielleicht kannst du die Aufzeichnungen für ein Buch nutzen.
Vielleicht kannst du so ein anderes Bild zeichnen, als dieses, was man jetzt von mir hat.

Adieu meine lieben Freunde und Begleiter

PS: Ich drücke dir die Daumen, dass deine Frau die Unfallfolgen überleben wird und bald wieder ganz gesund wird.

Als ich die letzten Zeilen gelesen hatte, merkte ich, wie mir ein paar Tränen in den Augen standen.
Still sagte ich noch zu mir: "Es wäre zu schön gewesen, wenn wir zu dritt am Gardasee gewesen wären."

Am anderen Morgen las ich in der Zeitung, dass man eine neue Spur in Sachen Bankraub verfolgte. Sie sollte zum Gardasee führen.

Sollte der Bankräuber hier das Geld versteckt haben?
Wieder wurden Nachforschungen angestellt, aber auch diese liefen ins Leere. Ich kam dadurch auch in die Mahlsteine der Justiz, konnte aber nachweisen, dass ich das letzte Mal vor einem Jahr dagewesen war und seither nicht mehr.

Und ich habe mich mit meinem Freund dort getroffen, wie wir das schon seit Jahren gemacht hatten. Über die restliche Zeit, also über die, die zum Bruch führte, könnte ich keine Angaben machen, da ich Peter in dieser Zeit weder gesehen noch gesprochen hätte. Unser Treffen war erst für das nächste Jahr geplant.

So konnte auch ich der Polizei nicht weiterhelfen bei der vergeblichen Suche nach den Millionen.

Aber durch die bundesweite Veröffentlichung gingen immer wieder Hinweise ein. Man wollte ihn angeblich gesehen haben. Aber keiner der Hinweise führte den Kommissar so recht weiter. Jedoch ging man akribisch jedem Tipp nach. Durch die vielen eingehenden Meldungen kam man dahinter, dass eine Spur nach Thüringen führte.

Hier meldete sich auch der Angler, mit dem Peter damals ein Gespräch führte.

Dies könnte auch zudem mit den Zeitdaten, die man so weit gesammelt hatte, sehr gut passen. Jetzt stellte sich für den Kommissar die Frage:

"Was wollte Peter an diesem Stausee?"

"Hat er vielleicht dort die Beute versteckt?"

"Oder war das wieder ein Irrläufer?"

"Was geschah dort an dem See?"

"Haben weitere Zeugen etwas bemerkt?"

Mit einem Großaufgebot an Spezialisten fuhr der Kommissar nach Thüringen und schaute sich das Gelände an, wo der Angler mit Peter gesprochen hatte.

Inzwischen war der Stausee wieder geflutet worden und er hatte schon wieder rund 80% seines Volumens erreicht.

So sehr man sich auch umschaute, man fand keine besonderen Merkmale, die auf ein Versteck hinweisen konnten.

Als der Kommissar mit dem Zeugen sprach, erwähnte er auch einen Hund, der in Begleitung von Peter war.

Dem Kommissar kam da eine Idee.

Wir wurden von einer Polizeistreife abgeholt und schnellstens nach Thüringen gefahren. So schnell waren wir noch nie unterwegs gewesen und das mit Blaulicht.
Goliath hatte seinen sichtlichen Spaß daran. Ab und zu unterstrich er das mit einem Bellen.

Nach nur vier Stunden waren wir in Thüringen angekommen. Wir standen vor einem Stausee. Hier kannten wir uns überhaupt nicht mehr aus.

Dann kam der Kommissar auf uns zu und schaute sich den Goliath sehr gründlich an. Goliath schaute pfiffig zurück.

Wenn der Hund, so sein Gedanke, mal hier gewesen wäre, dann müsste er doch die Stelle wiederfinden, wo sie gelagert beziehungsweise geangelt hatten.

Der Kommissar versprach dem kleinen Goliath eine riesige Wurst, wenn er  ihm die Stelle zeigen könnte, wo sie damals Pause gemacht hatten. Goliath schaute mich an, dann den Kommissar und dann lief er los. Er schnüffelte mal hier, mal dort, bevor es wieder weiter ging.

Der Kommissar kam ganz schön aus der Puste.

Aber Goliath juckte dies recht wenig. Er fasste dies als Spiel auf und lief den Weg rund um die Talsperre wie ein Rennhund ab.
An einer Stelle blieb er plötzlich stehen, schnupperte ausgiebig, während der Kommissar und sein Tross versuchten, an Goliath heranzukommen.

Als Goliath sah, dass der Tross wieder nah genug heran war, hob er sein Beinchen, machte ein kleines Bächlein und dann ging es weiter. Als sie die Stelle erreichten, suchten sie schnell alles ab, aber sie fanden nichts Auffälliges. Goliath war in weiter Entfernung stehen geblieben und schaute zurück. Als er sah, dass der Kommissar wieder lief, bellte er kurz, und weiter ging die Jagd.

Der Kommissar und sein Tross kamen ins Schwitzen.
Nachdem Goliath fast die Talsperre umrundet hatte ging er zu einer Stelle und fing wie wild an zu buddeln. Als der Kommissar dies aus der Ferne sah, dachte er bei sich:
"Bin ich nun hier an meinem Ziel angelangt"? Warum buddelt der Hund so wild an dieser Stelle?
Völlig außer Atem kam der Kommissar an die Stelle an, wo Goliath so wild sich gebärdet hatte. Nachdem der Tross ebenfalls wieder da war, wurde hier eine umfangreiche Suche gestartet.

Zehn Beamte gruben sich immer tiefer an der Stelle ein, aber etwas finden konnten sie nicht. Während Goliath dem Schauspiel zuschaute, hatte ich mir von dem Kommissar die Wurst für Goliath herausgebenlassen. Ein großes Stück der Wurst gab ich Goliath, der sie auch gleich verputzte und dabei vergnügt den schwitzenden Beamten zusah. Nachdem sie über sieben Stunden hier alles umgegraben hatten, mussten sie feststellen, dass hier nichts versteckt war. Oder waren sie wieder einmal nicht gründlich genug gewesen?

Morgen früh wollten sie sich noch einmal zu diesem Ort aufmachen und mit besserem Werkzeug tiefer graben zu können.
Goliath bellte ganz fürchterlich, als er gehen sollte.
Der Kommissar, der dies mitbekam, sagte sich im Stillen, dass hier eine Stelle sei, die der Hund kennt. Also muss hier auch etwas sein.

Morgen ist auch noch ein Tag. Der Fundort wurde großräumig abgesperrt, eine Polizeitruppe blieb dort, um ihn zu bewachen.

Am nächsten Morgen ging die Suche weiter. Mit schwerem Geschütz. Aber obwohl man  tiefer kam, man wurde nicht fündig. Selbst als man sogenannte Decktoren einsetzte, fand man nichts. Auch Goliath verhielt sich aufmerksam still. Immer wieder starrte er ins das Loch hinein.

Dann - auf einmal fing Goliath wie wild an zu bellen und stürzte, ohne auf den Bagger zu achten, in die Grube hinein. Goliath hatte gefunden, wonach er suchte!

Peter hatte damals auf dem Heimweg die beiden Fische hier vergraben, da er die nicht mit ins Hotel nehmen konnte. Die hatte Goliath nun gefunden.

Nun hatte man jetzt ein Zeichen, dass Peter hier war. Aber wo sollte nun die Beute sein?

Was fand der dumme Hund?

Zwei alte Fische, die schon hinüber waren, aber wo waren die Koffer mit den Millionen? Vielleicht doch in einem Schließfach? Aber man hatte überall gesucht und keinen Schlüssel gefunden, der auf ein Schließfach passen konnte. War der Schlüssel vielleicht in einem der Fische versteckt worden und der kleine Hund hatte doch recht gehabt? Die Fische hatte man ja wieder in die Grube geworfen und sie zugeschüttet. Noch einmal begann der gesamte Rummel, um die Fische auszugraben. Nach zwei Stunden wurde man fündig. Die Spurensicherung nahm sich der Fische an. Aber nachdem man sie total zerkleinert hatte, konnte man auch keinen versteckten Schlüssel entdecken.

Der Kommissar war einem Herzinfarkt nahe.

Die Suche gestaltete sich zu einem Puzzle. Wieder zurück in seinem Büro setzte sich die Soko zusammen und ging noch mal alle bisherigen Fakten durch. Es gab viele Spuren - aber eine sogenannte heiße Spur war bisher nicht dabei.

Sollte Peter das Geheimnis der Millionen mit ins Grab genommen haben. Man nahm eine Graböffnung vor.
Fast unter Laborbedingungen wurden sowohl der Sarg, als auch die Sachen, in denen Peter beerdigt worden war, Zentimeterweise untersucht. Aber finden konnte man nichts.
Hier gab es keine verwertbaren Hinweise mehr.

Nun kam Peter endgültig zu seiner Ruhe.

Wochenlang passierte nichts mehr in diesem Fall.

Dann geschah eine merkwürdige Sache. Ein Angler stellte eines Morgens fest, dass an zahlreichen Stellen Löcher gebuddelt worden waren. Alle etwa einen Meter tief. Er rief die Polizei.
Auch der Kommissar erhielt diese Nachricht sofort.
Er eilte dort hin. Staunend schaute er sich die Stellen an. Alle lagen in einem Abschnitt von 100 m. Man beschloss, sich hier auf die Lauer zu legen, um vielleicht zu sehen, wer hier buddelt. Wusste dieser unbekannte Jemand wo der Schatz lag? Die Spannung wuchs.
Noch im Schutze der Dunkelheit schlich ein Mann durch diesen Bereich, mit einem Spaten in der Hand. Er hatte einen kleinen Zettel in seiner Hand.

Er maß eine Strecke ab und fing dann an, nachdem er sich vergewissert hatte, dass keiner außer ihm da war, ein Loch auszuheben. Der Kommissar schaute aus seinem Versteck gebannt zu.

Nun ging er zwei Meter nach rechts und begann dann auch hier ein Loch auszuheben.
Jetzt gab der Kommissar das Zeichen zum Zugriff. Hatte man einen der Helfer geschnappt?
Völlig überrascht ließ sich der Mann festnehmen.

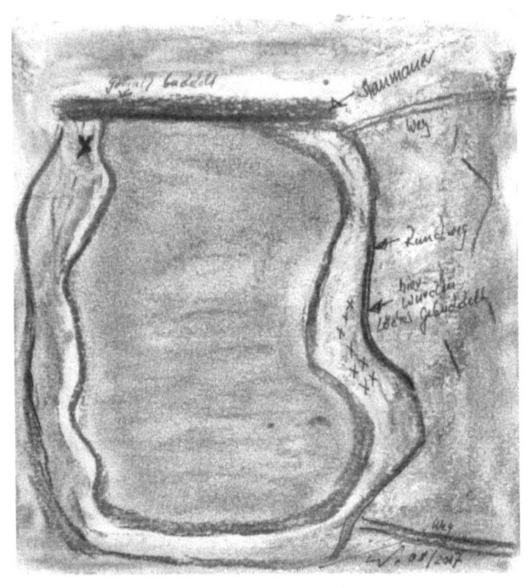

Bei den ersten Vernehmungen stellte sich heraus, dass dies der Bestatter war.

Er hatte beim Herrichten der Leiche einen kleinen Zettel im Gurtbund gefunden, der einem Lageplan glich. Er nahm den Zettel an sich und als er hörte, wen er dort begraben hatte, wollte er sich auf die Suche nach den Millionen machen. Jedoch kamen die Beamten ihm zuvor und so musste er warten, bis er freie Bahn hatte. Aber bisher sei er noch nicht fündig geworden.

Doch nach dem Eintrag auf dem Zettel, konnte es sich nur um diese Stelle handeln.

Der Zettel wurde im Labor untersucht. Man fand weitere Zahlen darauf, konnte diese aber nicht deuten bzw. einen Zusammenhang herstellen, zwischen einem eventuellen Fundort und der markierten Stelle auf dem Zettel.

Auch nach einem Jahr blieb die Suche nach den Millionen ohne Erfolg. Die Bank hatte die Millionen abgehakt und als Verlust gebucht.

Die Presse gab ebenfalls auf.

Nur der Kommissar gab noch nicht auf.

Das Geld  kann doch nicht so einfach weg sein!

Auch die Familie wurde immer wieder verhört, aber auch hier kam man nicht weiter. Sie schienen nicht mehr gewusst zu haben, als das, was sie schon damals zu Protokoll gaben.

Nach einem weiteren Jahr, ohne weitere Ergebnisse, schloss man die Akte "Peter Bork" mit dem Vermerk:

Den Täter konnte man ausmachen und stellen, jedoch konnte der Täter nicht mehr zu Rede gestellt werden, da er an den Folgen eines Unfalles auf der Flucht verstorben war.

Die Beute, von über viereinhalb Millionen, blieb bis zum heutigen Tag unauffindbar, obwohl man  vermutete, die vermeintliche Stelle zu kennen.

Die genaue  Fundstelle konnte man bis heute nicht finden.

In den folgenden Monaten versuchten einige Schatzjäger ihr Glück.

Auf einem Ufer-Bereich am Stausee von Leibis von 300 bis 400 m wurde jeder Zentimeter untersucht.

Aber man fand nichts. So sehr man sich auch mühte - es gab einfach keine Anhaltspunkte für ein Versteck.
Auch der Kommissar verfolgte diese Versuche mit Interesse und ging  mit einem Tross diese 300 bis 400 m im Uferbereich immer wieder mal ab. Sollte wirklich hier die Beute liegen? Aber wo? Mein Gott, wie viele hatten hier schon gegraben?

Aber keiner wurde fündig. Man dehnte den Bereich weiter aus. Aber so sehr man auch suchte, jeden Stein umdrehte - nirgends gab es einen Hinweis. Viereinhalb Millionen sind schon ein ordentliches Paket. Dies müsste man doch finden können.

Oder hatte jemand schon etwas gefunden?

Kann eigentlich nicht sein, oder?


Auch die Zeitungen nahmen sich wieder des Falles an. Ein ganzes Fernsehteam zog zu dieser Uferstelle hin. Ein Bagger wurde durch das Gelände geschickt. Riesige Berge an Sand und Kies wurden bewegt und immer war die Kamera dabei. Es wurde ein Fieber durch die Berichterstattung ausgelöst, das seinesgleichen suchte.
Am Wochenende waren ganze Familien mit Spaten und Schüppe unterwegs, um nach dem Schatz zu graben. Der ganze See war, wie bei einem Goldrausch, von Menschenmassen umlagert. Es gab schon die ersten Ausschreitungen um bestimmte Plätze.
Die Polizei musste einschreiten und das Gelände räumen. Auch das Filmteam musste gehen.

Um weitere Zwischenfälle zu vermeiden wurde ein großer, massiver Zaun um den Stausee gezogen.

Danach wurde es hier wieder ruhiger um den Stausee. Aber die Uferbereiche sahen aus wie nach einem Bombenangriff. Nur langsam konnte sich die Natur sich davon erholen.

In einer stillen Stunde stand der Kommissar mal wieder am See und überlegte, wo Peter Bork das Geld versteckt haben könnte.
Hier im See oder doch in irgendeinem Schließfach? Aber es gab einfach keine Hinweise. Sollte der Fall für ihn unerledigt bleiben?
Nachdenklich machte der Kommissar sich wieder auf, um in sein Büro zurückzukehren. Denn schon wartete der nächste Fall auf seine Lösung.

So endeten vorerst der Fall und das Leben des Peter Bork. Ein Leben, das noch eine Chance verdient hätte. Aber das Schicksal wollte es anders.

Adieu Peter - für uns bleibst du unvergessen.

Das Schlusswort

Ja, so endete ein Leben ganz unten auf der Leiter des Lebens.
Jahrzehnte hatte man sich abgerackert, hatte Erfolg gehabt und war, aber stetig langsam immer höher auf der Lebensleiter gestiegen.
Aber dann kommt ein Schicksalsschlag und plötzlich wird man gemieden, verspottet und ganz langsam beginnt ein Abstieg.

Wenn dann sich auch noch die Familie verabschiedet, ist ein tiefer Fall nicht mehr ausgeschlossen. So war es auch bei Peter.
Peter kam nicht mehr aus der Krise heraus. Und dann reifte bei ihm eine Idee, die er als letzten Ausweg sah, um aus diesem Dilemma zu kommen. Vielleicht aber wollte er es allen noch einmal zeigen, was man alles erreichen kann, wenn man will.
So hatte er es allen noch einmal gezeigt, was für ein Kerl er war, aber er hat auch teuer dafür bezahlt. Nämlich mit seinem Leben.

Vielleicht wusste er auch das, dass er vor dem Ende stand und es ihm egal war, was mit ihm geschah.

Gleichzeitig gibt uns aber auch diese Geschichte zu verstehen, wie sehr wir Menschen nur noch auf den Erfolg schielen. Die Menschen links und rechts von einem zählen nicht mehr. Es zählen nur die eigene Person und der persönlicher Vorteil. Nächstenliebe überlässt man gerne den anderen.
So hat der Egoismus immer mehr an Raum gewonnen und lässt viele auch daran scheitern. Dieses Scheitern wird dann zu einem Makel, den man nie mehr los wird und man so still in der Versenkung verschwindet.
Nur wer oben ist, wird bewundert und bestaunt.

Jedoch schaut man oft nur auf eine Fassade und viele davon haben Risse!

Dabei weiß man: Gemeinsam geht es besser!

Vielleicht sollte man über diese Tugenden mal wieder einmal nachdenken.

Auch Frederick hat seinen Schicksalsschlag, den Tod seiner geliebten Frau verdaut, sich wieder aufgerappelt und wieder von vorne angefangen.

Obwohl die ersten zwei Jahre sehr schwer für ihn waren, hat er sich durchgebissen.
Er hat sich Schritt für Schritt wieder aus dem Dunkel herausgearbeitet und hat seinem Leben eine ganz neue Ausrichtung gegeben.

Dabei hat er sein Glück gefunden. Auch sein treuer Hund Goliath ist noch bei ihm, zwar etwas in die Jahre gekommen, aber immer noch putzmunter.

Jedes Jahr fahren die beiden zum Grab von Peter, pflegen es und halten Zwiesprache mit ihm - so wie früher am Gardasee.

Gleichzeitig möchte ich ihm auch danken, dass er mir die Geschichte des Peter Bork erzählt hatte, vielleicht auch als Mahnung an andere, die sich in der gleichen oder ähnlichen Situation befinden.

Der Autor

Der Autor und seine Mitautorin

Seit nun mehr über 60 Jahre höre ich
auf den Namen Fritz-Stefan Valtner
und bin im Jahre 2012 mit meiner
Frau Manuela, die ich 2011 ehelichte,
aus dem Rheinland ins schöne
Friesland gezogen.

Mehr als 30 Jahre war ich im Vertrieb
tätig und viel unterwegs.
Trotz aller beruflicher Anspannung
habe ich in jungen Jahren eine
Familie gegründet und habe zwei
Kinder. Durch ein Ereignis, es war der
Unfall meiner ersten Frau, wurde
mein Leben völlig auf den Kopf
gestellt.

Über zwei Jahre lang durchlebte ich eine Zeit zwischen Hoffen und Bangen.

Diese unruhige Zeit wurde im Jahre 2007 mit dem Tod meiner ersten Frau beendet.

Meine Frau Manuela war über 20 Jahre als Hebamme aktiv und seit über 10 Jahren arbeitet sie als Ergotherapeutin mit psychisch kranken Menschen zusammen.
Zu ihren Hobbys zählen das Malen, das Gestalten mit den unterschiedlichensten Materialien und das Töpfern mit Ton, was auch zu meinem Hobby geworden ist, ebenso das Malen.

So haben wir an den letzten Büchern gemeinsam gearbeitet.

In der Zeit nach dem Tod meiner ersten Frau habe ich mit dem Schreiben begonnen und niedergeschrieben was mich zu dieser Zeit bewegte.

So entstanden zum Teil sehr persönliche Bücher.

Bisher sind erschienen:

Das Leben und Wirken des Strohwitwers Fritz
ISBN: 978 3911 1758070


Plötzlich allein... wir soll ich leben ohne dich?
ISBN: 978 3939 241068


Sex, kann so schön sein..., man muss ihn nur haben.
ISBN: 978 3939 241010


Kolvensbachs Pitter... und sein leidvoller Ehealltag.
ISBN: 978 3939 241669


Mein Name ist Jacey, die Hauskatze
ISBN: 978 3944 028224

Rusty packt aus... die Welt aus
Katzenaugen.
ISBN: 978 3981 1709223


Kommissar a. D. Klaus Schöne
Aktenzeichen 2609
Ein ungeklärter Mord auf Baltrum
ISBN: 978 3741 288135